UNIVERSALE
ECONOMICA
FELTRINELLI

"QUANDO PENSO A TUTTI I LIBRI
CHE MI RESTANO ANCORA DA LEGGERE,
HO LA CERTEZZA DI ESSERE
          ANCORA FELICE". (JULES RENARD)

                    T.

SATOSHI YAGISAWA
I miei giorni alla libreria Morisaki

Traduzione di Gala Maria Follaco

Titolo dell'opera originale
森崎書店の日々 (MORISAKI SHOTEN NO HIBI)
by Satoshi YAGISAWA
© 2010 Satoshi YAGISAWA
All rights reserved

Original Japanese edition published by Shogakukan
Italian edition arranged with Shogakukan through
Emily Publishing Company, Ltd
and Casanovas & Lynch Literary Agency S.L.

Traduzione dal giapponese di
GALA MARIA FOLLACO

Illustrazioni di
ELISA MENINI

© Giangiacomo Feltrinelli Editore Milano
Prima edizione ne "I Narratori" giugno 2022
Prima edizione nell'"Universale Economica" gennaio 2024
Terza edizione luglio 2024

Stampa Grafica Veneta S.p.A. di Trebaseleghe – PD

ISBN 978-88-07-89844-0

MISTO
Carta | A sostegno della
gestione forestale responsabile
FSC® C021883

Questo libro è stampato da Grafica Veneta S.p.A.
con un processo di stampa e rilegatura certificato 100% carbon neutral
in accordo con PAS 2060 BSI

www.feltrinellieditore.it
Libri in uscita, interviste, reading,
commenti e percorsi di lettura.
Aggiornamenti quotidiani

IL RAZZISMO
È UNA
BRUTTA STORIA.
razzismobruttastoria.net

Avvertenza

Per la trascrizione dei nomi giapponesi è stato adottato il sistema Hepburn, secondo il quale le vocali sono pronunciate come in italiano e le consonanti come in inglese. Si noti inoltre che:

ch è un'affricata come la c nell'italiano *cesto*

g è sempre velare come in *gatto*

h è sempre aspirata

j è un'affricata come la g nell'italiano *gioco*

s è sorda come in *sasso*

sh è una fricativa come sc nell'italiano *scelta*

w va pronunciata come una *u* molto rapida

y è consonantica e si pronuncia come la *i* italiana.

Il segno diacritico sulle vocali ne indica l'allungamento.

Seguendo l'uso giapponese, il cognome precede sempre il nome (fa qui eccezione il nome dell'autore).

Per il significato dei termini stranieri si rimanda al Glossario in fondo al volume.

I miei giorni alla libreria Morisaki

Il mio soggiorno presso la libreria Morisaki durò dall'inizio dell'estate fino alla primavera.

Abitavo sommersa dai libri in una stanza al primo piano, un ambiente buio e angusto, umido, pervaso dell'odore di muffa tipico della carta vecchia.

Ciò nonostante, il ricordo di quelle giornate è ormai parte di me perché è proprio lì che la mia vita, la mia vera vita, è cominciata. Senza quell'esperienza tutto sarebbe stato molto più scialbo, banale, piatto.

Un posto importante, indimenticabile: questo è per me la libreria Morisaki.

I ricordi di quel periodo sono ancora vividi, pronti a emergere dai recessi della memoria.

Cominciò con un fulmine a ciel sereno.

Una circostanza che fino a quel momento mi era parsa più improbabile di una pioggia di ranocchie.

Un giorno Hideaki, con il quale stavo da circa un anno, mi disse all'improvviso: "Mi sposo".

In un primo momento, nella mia testa si materializzò un grande punto interrogativo. Avrei capito se avesse detto: "Sposiamoci". Anche "voglio sposarmi" avrebbe avuto senso. Ma "mi sposo" era decisamente bizzarro. Il matrimonio è una promessa che presuppone un accordo reciproco, quindi la frase che aveva appena formulato era tutto fuorché adeguata. Per non parlare del tono disinvolto con cui l'aveva pronunciata, che tutt'al più sarebbe andato bene per un'uscita del tipo "ho trovato per terra una moneta da cento yen".

Era un venerdì sera di metà giugno. Usciti dal lavoro, ci eravamo fermati a cena in un ristorante italiano di Shinjuku. Si trovava all'ultimo piano di un hotel e piaceva molto a entrambi perché offriva una bella veduta della città illuminata.

Hideaki e io lavoravamo nella stessa azienda, lui da tre anni prima di me, e avevo sempre avuto un debole per lui, già all'epoca della mia assunzione. Quando si avvicinava sentivo il cuore saltare su e giù come da un trampolino. Quella sera, infatti, la prima che trascorrevamo insieme dopo tanto tempo, ero di ottimo umore, e anche il vino non era male.

Però...

Tutto ciò che riuscii a replicare, sentendo le sue parole, fu un "cosa?". Forse non avevo sentito bene.

Lui, come se niente fosse, ripeté: "Mi sposo l'anno prossimo".

"E con chi?"

"Con la mia ragazza."

Come?, mi domandai incassando il colpo.

"La tua ragazza?" balbettai.

Lui, senza fare una piega, mi nominò una collega di un altro ufficio. Era stata assunta insieme a me, ma era molto più carina, una che solo a vederla ti faceva venire voglia di abbracciarla.

Invece io ero troppo alta, troppo insignificante. In effetti non riuscivo a capire come gli fosse venuto in mente di provarci con me, se già stava con una ragazza così adorabile.

Mi spiegò che la loro relazione durava da due anni e mezzo, quindi da più della nostra. Ovviamente io non lo sapevo, non l'avevo mai sospettato, neanche alla lontana. Al lavoro non l'avevamo detto a nessuno, ma pensavo fosse solo un modo per evitare grane con i colleghi. Invece lui non mi aveva mai considerata una fidanzata: ero un semplice passatempo. Ero stata ingenua, o forse lui era un vigliacco?

Fatto sta che si erano già presentati alle rispettive famiglie ed entro il mese successivo si sarebbero fidanzati ufficialmente. Avevo le vertigini, era come se un prete stesse suonando le campane proprio dentro la mia testa.

"Sai, dice che sarebbe bello sposarci in giugno, ma ormai per quest'anno non facciamo più in tempo, quindi..."

Lo stavo a sentire senza davvero ascoltarlo. Infine mormorai: "Bene, sono contenta per voi", e mentre lo dicevo nemmeno io mi capacitavo di aver potuto dire una frase del genere.

"Oh, grazie. Ma non preoccuparti, Takako, noi due potremo sempre vederci," rispose lui tutto sorridente. Il suo solito sorriso disinvolto, un po' da asso degli sport.

Se fossimo stati in un melodramma, a quel punto sarei dovuta scattare in piedi svuotandogli un bicchiere di vino in faccia, ma ero sempre stata incapace di esprimere i miei sentimenti, e per capirci io stessa qualcosa avevo bisogno di restare da sola a rimuginarci per un po'. A complicare le cose, poi, c'era quel maledetto prete con le sue campane.

Ancora confusa, lo salutai e me ne andai a casa. A poco a poco ritornai in me e sprofondai nella tristezza. Esatto: più che arrabbiata, ero triste. Avrei potuto toccarla con mano, quella tristezza, tanto era netta e vibrante.

Cominciai a piangere, e più piangevo, più mi veniva da piangere. Singhiozzavo in mezzo alla stanza, non accesi nemmeno la luce. Feci un pensiero idiota, che se al posto delle lacrime avessi pianto petrolio almeno sarei diventata miliardaria, quindi piansi della mia stessa idiozia.

Desideravo che qualcuno venisse in mio aiuto. Lo volevo davvero. Ma non riuscivo a dirlo, quindi continuai a piangere.

Da quel momento in poi fu un susseguirsi di disastri.

Tanto per cominciare, dato che lavoravo nella stessa azienda di Hideaki ero costretta a vederlo anche se avrei preferito evitarlo, lui si avvicinava come se niente fosse e io ci stavo male. Come se non bastasse, di tanto in tanto mi imbattevo nella sua ragazza, in mensa o vicino ai distributori dell'acqua. Non sapevo se fosse al corrente della nostra relazione, fatto sta che ogni volta mi lanciava sorrisi smaglianti.

Smisi di mangiare e di dormire. Persi molto peso e il mio viso assunse un colorito smorto che non riuscivo più a coprire neanche con il trucco. Mentre lavoravo mi veniva da piangere all'improvviso e dovevo correre in bagno a soffocare i singhiozzi.

Dopo un paio di settimane capii di aver raggiunto il limite, fisico e psichico, quindi andai dal mio superiore e gli consegnai la lettera di dimissioni.

Il mio ultimo giorno di lavoro, Hideaki venne da me tutto pimpante e mi disse: "Anche se non lavorerai più qui, magari ogni tanto potremmo andare a mangiare qualcosa insieme!".

Avevo perso fidanzato e posto di lavoro in un colpo solo, mi sentivo come se qualcuno mi avesse sparata nello spazio.

Mi ero trasferita a Tōkyō per lavoro dal Kyūshū, dove ero nata e avevo studiato, motivo per cui la cerchia delle mie conoscenze era limitata ai colleghi. Non ero mai stata un tipo particolarmente socievole, dunque si trattava di conoscenze piuttosto superficiali e a Tōkyō non avevo un amico degno di questo nome.

A pensarci bene, i miei primi venticinque anni erano stati, come si suol dire, così così. Ero nata in una famiglia così così, né ricca né povera, avevo frequentato un'università così così, ero stata assunta da un'azienda così così... Insomma, avevo vissuto una vita così così, e in fondo forse non era un male, anzi. Non ero al colmo della felicità, ma nemmeno negli abissi della disperazione. Era la mia vita, punto.

L'incontro con Hideaki era stato qualcosa di eccezionale. Passiva com'ero, ritrovarmi coinvolta con un uomo che mi piaceva tanto era una specie di miracolo. Anche per questo, la fine della nostra storia era stata uno choc e non riuscivo davvero a immaginare quando e come sarei riuscita a superarlo.

Alla fine adottai la strategia del sonno a oltranza. Avevo sempre sonno. Forse era un modo come un altro per evitare la realtà, fatto sta che, appena mi infilavo sotto le coperte, mi addormentavo. Nell'universo microscopico e solitario della mia stanza, trascorsi giorni e giorni a dormire.

Quanto tempo passò, forse un mese? Una sera mi svegliai e vidi che il mio telefono lampeggiava là dove lo avevo abbandonato: c'era un messaggio in segreteria.

Non conoscevo il numero che compariva sullo schermo, ma decisi di ascoltare ugualmente il messaggio.

Una voce squillante ruppe il silenzio: "Ehilà! Takako-*chan*, come va? Sono io, Satoru. Ti chiamo dalla libreria. Richiamami più tardi, quando puoi. Oh, è entrato un cliente. Ciao, a presto".

Inclinai il capo. Satoru? Chi poteva mai essere? Mi aveva chiamato Takako-*chan*, quindi non era un errore... E di quale libreria parlava? Continuai a rimuginarci finché non mi fu tutto chiaro.

Era Satoru, mio zio Satoru! In effetti parecchio tempo prima mia madre mi aveva raccontato di una libreria a Jinbōchō che lo zio aveva ereditato dal nonno. L'ultimo nostro incontro risaliva al mio primo anno di liceo, poi tra una cosa e l'altra non ci eravamo visti per quasi dieci anni, ma la voce era proprio la sua.

Ebbi un brutto presentimento. Doveva essere un piano di mia madre. Solo lei sapeva che avevo perso lavoro e fidanzato, di certo si era preoccupata e aveva chiesto a Satoru di chiamarmi. Niente di urgente, dunque.

A dire la verità, con questo zio Satoru non ero molto in sintonia. Era un tipo strano, un po' squinternato, totalmente disinteressato a ciò che la gente pensava di lui. A volte risultava persino arrogante, e aveva un che di eccentrico che mi disturbava.

Da bambina apprezzavo moltissimo questo suo modo di essere e ogni volta che accompagnavo mia madre in visita ai suoi parenti di Tōkyō correvo subito a giocare con lui. Durante l'adolescenza, però, le sue stranezze cominciarono a risultarmi insopportabili, quindi presi a evitarlo. Inoltre, proprio in quel periodo mio zio Satoru si sposò di punto in bianco senza avere nemmeno un lavoro stabile, causando grande scompiglio in famiglia.

E così, da quando mi ero trasferita a Tōkyō, non mi era mai venuto in mente di fargli visita: preferivo che rimanesse dov'era, come un estraneo.

Il giorno dopo aver ricevuto il suo messaggio lo richiamai, anche se controvoglia. Pensavo che, se non l'avessi fatto, avrei scatenato la collera di quel demonio di mia madre. Quando ero al liceo lui andava per i trenta, quindi adesso doveva aver superato da un pezzo i quaranta.

Alzò la cornetta dopo il primo squillo.

"Pronto? Qui libreria Morisaki."

"Ehm... Sono io, Takako."

"Oh! Wow!" gridò lo zio Satoru dall'altro capo del telefono con la sua solita energia.

Mi affrettai ad allontanare la cornetta dall'orecchio.

"Da quanto tempo! Come te la passi?"

"Be', ecco... Non male."

"Sapevo che eri a Tōkyō, ma non sei mai venuta a trovarmi!"

"Scusami, è che con il lavoro..." cercai di giustificarmi.

"Adesso però con il lavoro hai chiuso, no?"

Fu così diretto da lasciarmi senza parole. Da uno come lui non ci si poteva aspettare alcuna forma di discrezione. Continuava a ripetere "ah, quanto tempo è passato", quasi come se non ci fossi, poi di punto in bianco disse: "Sai che cosa pensavo? Se non hai voglia di lavorare, perché non vieni a stare qui da me per un po'?".

"Come?"

Ero spiazzata. Lui però continuò imperterrito: "Così non dovresti nemmeno preoccuparti per l'affitto e le altre spese, no? Da me è tutto gratis. Certo, se ti andasse di darmi una mano in libreria mi faresti un piacere".

Mi spiegò che del negozio si occupava da solo e, avendo necessità di sottoporsi a regolari visite mediche per via di certi dolori alla schiena, era alla ricerca di qualcuno che lo sostituisse di mattina. Aggiunse che casa sua era a Kunitachi, dunque nell'orario di chiusura sarei stata da sola e avrei avuto tutta la privacy che volevo. Lui stesso aveva abitato sopra la libreria fino a qualche anno prima, quindi oltre alla stanza avrei avuto a disposizione anche un bagno con tanto di vasca.

Ci pensai su. In effetti non potevo andare avanti così all'infinito. Presto mi sarei ritrovata senza un soldo. Allo stesso tempo, però, non volevo intromissioni.

Abbozzai un rifiuto: "Temo di darti fastidio...".

Ma lui non cedette: "Macché fastidio! Sei sempre la benvenuta, Takako-*chan*!".

Aprii la bocca per chiedergli se la zia Momoko fosse d'accordo, ma mi zittii subito. Giusto: sua moglie Momoko se n'era andata diversi anni prima. Per qualche tempo in famiglia non si era parlato d'altro. Lo stato di prostrazione in cui versava mio zio aveva suscitato molta ansia in mia madre, più di una volta aveva temuto che fosse sul punto di ammalarsi sul serio.

Anche a me dispiaceva tanto per mio zio, e tutta la situazione mi sembrava assurda: lui e Momoko erano sempre andati d'amore e d'accordo, e lei era buona e gentile, non dava proprio l'impressione di un'irresponsabile.

Mentre ero occupata a ricordare tutta questa storia, lo zio saltò alla conclusione senza neanche darmi il tempo di controbattere: "Allora è deciso!".

Obiettai che avevo parecchia roba, ma lui rispose che a casa sua a Kunitachi c'era un sacco di spazio, quindi era sufficiente che spedissi tutto lì e mi portassi a Jinbōchō una valigia con le cose di prima necessità. Insomma, aveva pensato proprio a tutto.

"Sarà meglio così anche per te, Takako. Fidati."

Fidarmi? Di uno che non vedevo da quasi dieci anni?

"Allora comincio a preparare tutto," disse senza aspettare la mia risposta. Poi riagganciò perché era entrato un cliente.

Restai imbambolata ad ascoltare il *tut-tut* del telefono.

Due settimane dopo ero alla stazione di Jinbōchō.

Perché era finita così? All'improvviso la mia vita era cambiata a una tale velocità che non riuscivo più a starle dietro.

Al telefono mia madre mi aveva detto: "Decidi: o torni in Kyūshū o vai a stare da Satoru", e così, seppur controvoglia, avevo scelto lo zio. Sapevo fin troppo bene che se fossi tornata in Kyūshū mi avrebbero combinato un matrimonio e avrei perso ogni speranza di ritornare a Tōkyō. Dopo tutta la fatica che avevo fatto per arrivare qui, rinunciare sarebbe stato come ammettere la mia disfatta.

Era tanto che non uscivo, e mi sentivo frastornata. Una volta emersa dalla stazione della metropolitana, fui investita dalla luce calda del sole. Mi resi conto che mentre dormivo era arrivata l'estate. Il sole sopra la mia testa picchiava come un ragazzino dispettoso. E pensare che il mio ultimo giorno di lavoro l'estate sembrava ancora lontana: mi parve di essere stata tradita persino dal ciclo delle stagioni, il che mi fece sentire un po' più triste.

Era la prima volta che venivo a Jinbōchō, non si era mai presentata l'occasione perché la casa dei miei nonni si trovava a Kunitachi.

Mi fermai al semaforo per guardarmi intorno. C'era qualcosa di strano.

Su entrambi i lati della strada (lo zio mi aveva detto che si chiamava Yasukuni-dōri) si vedevano solo librerie, sia a destra che a sinistra. Di solito è già tanto se lungo una strada ce n'è una, invece lì erano oltre la metà dei negozi. Alcune librerie erano più grandi, come la Sanseidō o la Shosen, saltavano immediatamente all'occhio, ma quelle veramente particolari erano le più piccole, che sembravano sfidare spavalde gli edifici più imponenti. A rendere il paesaggio ancora più singolare erano i giganteschi palazzi di uffici nella direzione opposta, verso Suidōbashi.

Perplessa, attraversai la strada insieme a una folla di impiegati in pausa pranzo e mi incamminai lungo la strada delle librerie. Arrivai circa a metà, come mi aveva spiegato mio zio, e voltato l'angolo mi ritrovai in una strada più piccola chiamata Sakura-dōri, anch'essa piena zeppa di librerie. "Un parco giochi per gli amanti dei libri," mormorai tra me e me.

Mentre mi domandavo come avrei fatto a individuare la libreria dello zio sotto quel sole cocente, vidi davanti a un negozio un uomo che mi salutava con la mano. I capelli spettinati, la montatura spessa degli occhiali, la corporatura esile di un adolescente. Camicia a quadri a mezza manica, pantaloni spiegazzati, sandali ai piedi. Una figura a me familiare. Lo zio Satoru.

"Ohi ohi, ecco Takako-*chan*!" esclamò tutto sorridente.

Guardandolo da vicino lo trovai molto invecchiato. Aveva rughe profonde ai lati degli occhi e anche la pelle, una volta liscia e chiara come quella di una ragazzina, si era riempita di macchie. Dietro le lenti degli occhiali, però, i suoi occhi brillavano ancora di una luce infantile.

"Mi hai aspettato per tutto questo tempo davanti alla libreria?"

"Immaginavo che saresti arrivata a momenti. È pieno di librerie qui intorno, hai visto? Temevo che ti perdessi e quindi sono uscito ad aspettarti. Mi veniva naturale cercare una liceale in uniforme scolastica, invece ormai sei diventata adulta!"

Ovvio. Il nostro ultimo incontro risaliva al mio primo anno di liceo, quando ero venuta a Tōkyō per il primo anniversario della morte del nonno, e nel frattempo ne erano passati altri nove. Ciò nonostante, lo zio – rughe e macchie a parte – era esattamente come lo ricordavo. Anche se aveva più di quarant'anni, la sua aria stralunata era sempre la stessa. In lui non si percepiva la minima preoccupazione per l'esteriorità. Durante l'adolescenza, quando misuravo al millimetro le distanze tra me e gli altri, questo suo modo di essere mi risultava davvero insopportabile.

Incapace di sostenere oltre i suoi occhi fissi su di me, spostai lo sguardo verso la libreria.

"Uhm. E così, questa è la libreria del bisnonno."

Osservai con un briciolo di emozione l'insegna che recitava: *Libreria specializzata in letteratura moderna - Morisaki.* Anche se non avevo mai conosciuto il mio bisnonno, il fatto che la libreria esistesse ormai da tre generazioni mi sembrava notevole.

L'edificio attuale, in legno, a due piani, con le vetrine completamente piene di libri, aveva una trentina d'anni ma si capiva che la struttura originale era molto più antica.

"La primissima libreria risale all'epoca Taishō* e si trovava in Suzuran-dōri, ma adesso non c'è più. Questa è, per così dire, la 'seconda' libreria Morisaki."

"Caspita."

"Su, su, entriamo."

Lo zio quasi mi strappò di mano il borsone e mi condusse all'interno. Sentii un fortissimo odore di muffa e mi sfuggì detto ad alta voce, lui mi corresse in tono scherzoso: "Dovresti dire che odora come le mattine dopo la pioggia".

---

* 1912-1926. [*N.d.T.*]

I libri erano dappertutto. Quella stanza buia di appena otto *tatami* sembrava essere ferma all'epoca Shōwa.* Libri di ogni formato erano assiepati sugli scaffali, mentre le opere più grandi, in più volumi, erano ammassate contro le pareti. C'erano mucchi di libri persino dietro al minuscolo bancone con la cassa. Era chiaro che, in caso di terremoto, sarebbe bastata una scossa un po' più forte per far crollare tutto.

"Quanti volumi ci sono?" domandai stupita.

"Be', saranno all'incirca seimila, credo."

"Seimila!" Trasecolai.

"Siamo una piccola libreria, più di così non è possibile."

"Cosa significa che è specializzata in letteratura moderna?"

"Che vendiamo soprattutto libri di autori moderni. Guarda, leggi tu stessa."

Lo zio mi indicò una fila di libri. Lessi alcuni nomi che conoscevo già, come Akutagawa Ryūnosuke, Natsume Sōseki e Mori Ōgai, ma per il resto non li avevo mai sentiti. Gli scrittori che conoscevo meglio erano quelli di cui avevo letto qualcosa al liceo.

"Caspita, quanti sono!" dissi, e lo zio sorrise.

"Da queste parti, ogni libreria ha la sua specializzazione. C'è chi vende solo testi accademici e chi solo copioni teatrali. Alcune librerie sono davvero particolarissime, per esempio quelle che vendono vecchi albi illustrati o raccolte di fotografie. In tutto il mondo, non c'è un quartiere di librerie grande come questo."

"In tutto il mondo?"

"Proprio così. È un posto caro a scrittori e intellettuali sin dall'epoca Meiji.** Se ci sono tante librerie è perché a quei tempi nella zona furono costruite molte scuole, il che favorì

---

* 1926-1989. [*N.d.T.*]
** 1868-1912. [*N.d.T.*]

l'apertura in rapida successione di negozi specializzati in editoria accademica."

"Si parla di tantissimi anni fa, quindi."

"Esatto. Questo quartiere ha una storia molto antica. Pensa che scrittori come Mori Ōgai e Tanizaki Jun'ichirō hanno scritto opere ambientate proprio qui. E vengono anche parecchi visitatori dall'estero," disse lo zio tutto fiero.

"Pur abitando a Tōkyō, non ne avevo mai sentito parlare," confessai.

Oltre che da tutta quella storia, ero sinceramente colpita anche dallo zio che, in risposta a una semplice domanda, mi aveva raccontato tante cose. Per essere uno che non si era mai preoccupato di trovare un vero lavoro e aveva sempre vissuto alla giornata, la sapeva lunga. In effetti, però, da piccola avevo notato nella sua stanza parecchi libri dall'aria tutt'altro che semplice, volumi di storia, filosofia e altre discipline.

"Appena puoi, cerca di fare una passeggiata qui intorno. Ci sono un sacco di posti interessanti. Non oggi magari, voglio prima mostrarti la stanza. Il piano di sopra funge anche da magazzino, ma c'è spazio a sufficienza."

Diedi un'occhiata e per poco non svenni. Il "magazzino" era costituito da mucchi di libri alti come torri e posizionati dappertutto, tanto che non si sapeva bene dove mettere i piedi. Sembrava di essere in un film di fantascienza. Nonostante un vecchio condizionatore acceso alla massima potenza, era impossibile non sudare. In lontananza si sentiva il verso insistente di un insetto, forse erano cicale.

Rivolsi un'occhiataccia allo zio. *Comincio a preparare tutto*, aveva detto. In quella stanza non mi sarei stupita di trovare un topo che se la dormiva a pancia in su.

"Ho cercato di mettere a posto in previsione del tuo arrivo," cincischiò lo zio grattandosi la testa, "ma tre giorni fa mi si è bloccata un'altra volta la schiena. È il destino di noi librai. Una buona metà della roba, però, l'ho spostata nella stanza accanto. Se pian piano porti di là anche il resto, ci starai benone."

Proprio in quel momento sentimmo aprirsi la porta a vetri al piano inferiore e lo zio ne approfittò per bofonchiare delle scuse e scappare giù per le scale.

Mi guardai intorno e feci un profondo sospiro. *Pian piano*, aveva detto. Mi aveva fregato. Solo che ormai avevo lasciato il mio appartamento e non avevo più un posto dove stare. Mi feci coraggio e cominciai a mettere in ordine.

Litigai con i libri per tutta la giornata. Sudando sette camicie riuscii a trascinare quelle montagne di volumi nella stanza accanto. La minima disattenzione, e quelle torri di Babele sarebbero crollate: le detestavo. Ma prima di sera avevo spostato quasi tutti i libri ed ero riuscita anche a salvare un tavolino che sembrava destinato a una brutta fine. Nella stanza accanto le pile di libri arrivavano fin quasi al soffitto e c'era da preoccuparsi che il pavimento reggesse, ma la struttura dell'edificio pareva robusta e quindi decisi di non pensarci troppo. Passai l'aspirapolvere, raccolsi ogni minimo granello di sporcizia, poi pulii con lo straccio pareti e *tatami* finché la stanza non mi sembrò abitabile.

Mentre osservavo soddisfatta i frutti del mio lavoro lo zio, chiuso il negozio, salì a trovarmi.

"Ah, hai messo tutto a posto. Che meraviglia. Se fossi vissuta nell'Inghilterra del diciannovesimo secolo saresti stata una governante abilissima," scherzò.

E pensare che da quel momento in poi avrei dovuto convivere con un tizio del genere.

"Sono stanca, voglio andarmene a dormire."

"Sì, riposati, mi raccomando. Per domattina, allora, conto su di te."

Dopo che fu andato via, feci velocemente il bagno e mi infilai con i capelli ancora umidi in un *futon* che sapeva di stantio. Nell'istante in cui spensi la luce calò il silenzio. Sembrava che tutti quei libri assorbissero ogni rumore. Scrutando il soffitto nella penombra, sentii affiorare una leggera inquietudine al pensiero che da quel momento in poi avrei vissuto lì, che in un modo o nell'altro mi ci sarei dovuta abituare. Ma durò giusto un attimo. Un secondo dopo, ronfavo già.

Sognai di essere un androide-governante in una città del futuro i cui edifici erano tutti occupati da librerie.

Il mattino seguente aprii gli occhi e mi chiesi dov'ero. Quando guardai la sveglia accanto al cuscino vidi che le lancette segnavano già le dieci e ventidue.

Tornai in me e balzai in piedi con un grido. La libreria apriva alle dieci. Prima di addormentarmi avevo puntato la sveglia alle otto, ma chissà come mai non l'avevo sentita. Chi mi aveva fatto un dispetto così odioso? Che domande: io stessa!

Come avevo potuto commettere una simile sciocchezza? Ero sempre stata mattiniera e mi vantavo di non essere mai arrivata in ritardo nemmeno di un minuto, in tre anni di lavoro. Mi precipitai giù per le scale e sollevai la pesante saracinesca ancora in pigiama, tutta spettinata. In un attimo il sole estivo invase l'interno del negozio. Tutte le altre librerie erano già aperte, solo io avevo fatto tardi.

E adesso? Come avrei ripagato mio zio per le perdite di quella parte della mattinata? Rimasi seduta in pigiama alla cassa, sconvolta, per quasi mezz'ora. Con mia grande sorpresa, però, in tutto quel tempo non entrò nessuno.

Di clienti non ne vidi nemmeno dopo. Per strada qualcuno c'era, ma passavano svelti davanti alla porta e non entravano mai. Capii che potevo prendermela comoda: tornai al piano di sopra e mi cambiai, mi pettinai e mi concessi perfino un filo di trucco.

Verso mezzogiorno finalmente cominciò ad arrivare qualche cliente, ma in genere si limitavano a comprare i tascabili usati da cinquanta o cento yen. Come faceva lo zio ad andare avanti? Feci trenta sbadigli e un paio di sonnellini.

Intorno all'una, entrò un signore di mezza età, tarchiato, con una chierica bella lucida. Mi guardò e cominciò a farmi una domanda dopo l'altra: "Dov'è Satoru? E chi sei tu? Una commessa part-time? Mica può permettersela, quello lì".

Doveva essere un cliente abituale.

"Ecco... Mio zio oggi arriverà intorno alle due. Sono la nipote di Satoru, mi chiamo Takako. Più che una commessa part-time, sono un'ospite. Quanto alle finanze di mio zio, non saprei dirle."

Il signore mi ascoltava interessato, senza togliermi gli occhi di dosso.

"Non sapevo che Satoru avesse una nipote così giovane e graziosa."

Sorrisi. Ora che la diffidenza iniziale era sparita, pensai che in fondo sembrava una brava persona. Gentile e con uno sguardo benevolo.

"Dunque, mi è venuta voglia di leggere qualcosa di Shiga Naoya, è passato parecchio tempo dall'ultima volta. Da quando mia moglie per poco non mi buttava via tutti i suoi libri, ti ricordi?" disse il signore curiosando tra gli scaffali.

Dal momento che non ci eravamo mai visti, ovviamente non potevo ricordare.

"Allora? Dov'è?"

"Cosa?"

"Te l'ho detto, Shiga Naoya."

"Ah, sì. Allora... Dovrebbe essere lì..."

Il signore mi guardava circospetto.

"Libri ne leggi?"

"No, per niente," risposi sorridendo.

Il signore cambiò espressione: ora sembrava un demonio.

Mi lanciò un'occhiataccia e partì con la predica. "Ma insomma! I giovani d'oggi non leggono, pensano solo a computer e videogiochi, come dobbiamo fare? E i pochi che leggono scelgono robaccia come manga o romanzetti online. Stammi a sentire: quelli ti mostrano soltanto la superficie delle cose. Se non vuoi diventare una persona superficiale, cerca di leggere almeno qualcuno dei libri meravigliosi che ci sono qui dentro."

Andò avanti così per un tempo che mi parve infinito, quando finalmente se ne tornò a casa era passata quasi un'ora. Dopo tutto quello sproloquio, era uscito senza comprare niente. Mi sentivo stanca, e quando una mezz'oretta più tardi rientrò mio zio credetti che fosse un'apparizione.

"Com'è andata oggi? È successo qualcosa?" domandò controllando il registro di cassa.

"No. Però in tarda mattinata è arrivato un signore con la testa che sembrava un soffione mezzo spelacchiato ed è rimasto a parlare un bel po'."

"Ah, sì, il signor Sabu. È un cliente abituale da una ventina d'anni."

Mi scappò da ridere. Per qualche motivo, trovavo che il nome "Sabu" gli stesse a pennello.

"È innamorato dei grandi scrittori giapponesi. Ed è un chiacchierone. Ogni tanto mette in difficoltà anche me, ma in genere basta offrirgli una tazza di tè, fare sì con la testa e dopo un po' se ne va."

Pensai che quando si ha un negozio se ne vedono davvero di tutti i colori. Il concetto stesso di cliente abituale aveva un che di antiquato.

"Ah, senti, zio," feci, desiderosa di condividere il primo dubbio della giornata.

"Che c'è?"

"Come vanno gli affari? Clienti se ne vedono pochi, e se comprano qualcosa si tratta quasi sempre di libriccini economici..."

Lo zio rise di gusto.

"Hai ragione, in questo periodo le librerie di libri usati non se la passano bene. Ai tempi di mio padre, invece, erano un'attività redditizia. Sai, all'epoca il mercato editoriale era molto più semplice di adesso, inoltre non c'era la televisione: era tutta un'altra cosa. Io però ho cominciato a vendere online già sei anni fa e qualche volta mi capita anche di piazzare volumi rari, da diverse decine di migliaia di yen. Insomma: me la cavo. Tu non frequenti le librerie, Takako?"

"Qualche volta vado in catene dell'usato tipo Book Off. Lì posso leggere i manga."

"Eh sì, ormai è pieno di queste catene. Che però non vendono libri scritti tanti anni fa da autori importanti, quelli che si trovano in librerie come la mia. Perché non c'è grande richiesta. Anche se ci sono un sacco di persone che li amano, compresi ragazzi della tua età. Per loro, le librerie come questa sono il paradiso. Lo sono pure per me, del resto."

"In effetti, quando vivevi con i nonni la tua stanza era piena zeppa di libri. Quando hai ereditato questo posto?"

"Dunque... È stato quando il nonno si è sentito male. Una decina di anni fa, forse. Sai, rispetto agli altri librai io sono ancora un pivellino. Alcuni di loro hanno trenta o quarant'anni di esperienza."

"Accidenti! Per me è un mondo incomprensibile."

"Dovresti provare a leggere qualcosa pure tu. Tutto ciò che vedi qui è a tua disposizione," disse lo zio con un sorriso.

Sorrisi anch'io e lasciai cadere.

Da quel momento in poi riuscii a occuparmi del negozio senza rischiare di svegliarmi tardi. Per mia fortuna, fino a mezzogiorno era piuttosto tranquillo, quindi potevo starmene seduta alla cassa a fare niente.

Nonostante il cambio di casa, la mia vita quotidiana non era cambiata poi tanto. Al mattino mi alzavo, aprivo la libreria, aspettavo che arrivasse lo zio e poi mi ritiravo. Salivo svogliatamente al piano di sopra e mi infilavo nel *futon* a dormire.

Nella mia stanza c'era il minimo necessario e la vita che conducevo forse non poteva definirsi realmente tale, ma a me stava benissimo così. Di quello che succedeva fuori da quelle mura non mi importava un fico secco.

Lo zio Satoru si presentava ogni pomeriggio con indosso abiti comodi, che la maggior parte delle persone avrebbe trovato inadatti per un adulto. Come prima cosa controllava il registro di cassa, poi esaminava l'elenco degli ordini ricevuti, quindi faceva qualche telefonata di lavoro.

"No, niente da fare", "Lo so, è dura", "Bisogna superare questo momento". Grossomodo erano queste le formule che gli sentivo ripetere al telefono, forse lamentandosi per come andavano gli affari. Ma nel suo tono di voce si percepiva sempre una certa allegria.

Fui davvero sorpresa di scoprire che esisteva una rete piuttosto vasta per la compravendita di libri usati. Mio zio mi spiegò che se i negozi riuscivano a non riempirsi all'inverosimile era proprio grazie alla sinergia tra i vari librai. Per esempio, una libreria come la Morisaki non sarebbe potuta esistere soltanto grazie ai privati che andavano a vendere i loro libri, erano piuttosto le aste organizzate periodicamente dalle associazioni di categoria a consentire allo zio di procurarsi i titoli di cui aveva bisogno.

"Anche se è un'attività privata, i rapporti con gli altri venditori sono importantissimi. Ma in fondo è così in tutti i campi, no?" concluse con l'aria di chi sa il fatto suo.

A guardarlo, però, non riuscivo proprio ad associarlo all'immagine del "venditore di libri usati" come era invece mio nonno. Il nonno era un uomo tutto d'un pezzo, di poche parole, che alle riunioni con i parenti recitava la parte del capofamiglia con la dovuta solennità. Da bambina ne ero un po' intimorita e mia nonna, che l'aveva capito, rideva e mi diceva: "Che ci vuoi fare? È un vecchio libraio".

Mio zio invece sembrava un mollusco. Non mi era mai capitato di stare a contatto con lui così a lungo, ma più lo osservavo e più mi stupivo della sua arrendevolezza. Arrivai a malignare tra me e me che la zia Momoko se ne fosse andata perché non lo sopportava. Ciò nonostante, i clienti affezionati venivano a trovarlo e restavano a chiacchierare volentieri con lui.

Io con lo zio parlavo quasi esclusivamente di lavoro, ma dopo circa una settimana lui mi disse con aria un po' spazientita: "Non fai che dormire, Takako. Sembra che ti abbiano fatto un sortilegio".

"Alla mia età è normale avere sonno," replicai seccamente, decisa a contrastare il suo subdolo tentativo di farsi gli affari miei.

"A venticinque anni è normale avere sonno?" ripeté.

"Esatto. Serve alla crescita."

"Ma con tutto il tempo che hai a disposizione, perché invece non fai una passeggiata? Ci sono tanti bei posti da queste parti. Io ci vengo sin da quand'ero bambino e ancora non mi sono stancato."

"Sarà. Io comunque preferisco dormire."

Lo zio avrebbe voluto continuare a parlare, ma io decisi che era giunto il momento di chiudere la conversazione. Da quel momento in poi non risposi più a nessuna delle sue domande.

Non glielo dissi, ma ero davvero infastidita. Era chiaro che aveva saputo da mia madre che cosa mi era successo. E adesso si permetteva di farmi tutte quelle domande indiscrete: mi dava sui nervi.

Come se non bastasse, ci si era messo pure il signor Sabu, che evidentemente era al corrente di come passavo le mie giornate, visto che mi chiamava "Takako-*chan* la bella addormentata".

Una volta gli chiesi: "Chi gliel'ha detto?", ma era ovvio che era stato lo zio. Che rabbia.

"Non ti stanchi a dormire per più di quindici ore?"

"Non dormo per più di quindici ore. Saranno tredici al massimo."

Ma il signor Sabu scosse la testa.

"Quando avevo vent'anni il tempo passato a dormire mi sembrava sprecato, preferivo leggere."

"Io invece dormo."

"Sei testarda come Satoru."

"Nemmeno per idea, che cosa avrei in comune con quello smidollato?"

"Anche il sarcasmo è simile," replicò ridendo di gusto.

"Non è affatto simile. Non mi paragoni a lui."

"Ehi ehi, non ti conviene sottovalutarlo, sai?" ribatté Sabu in tono improvvisamente serio. "Sarà anche uno smidollato, ma è il salvatore di questa libreria."

"Il salvatore?" domandai io incredula.

"Proprio così. Chiediglielo," rispose Sabu in tono misterioso, poi con un gran gesto della mano mi disse "adios" e uscì.

Ma sì, chi se ne importa, pensai. Che lo zio fosse o non fosse il salvatore di qualcosa, a me non faceva né caldo né freddo. Il mio unico desiderio era tornarmene nel *futon* e farmi una dormita.

Certo, io stessa faticavo a credere di poter dormire tanto. A Sabu avevo detto tredici ore, ma in verità nei giorni di chiusura riuscivo ad andare avanti anche per ventiquattr'ore. Volevo solo dormire, dormire e poi ancora dormire. Nei sogni non esistevano i brutti pensieri. I sogni erano un miele dolcissimo. E io ero un'ape che ci girava intorno.

Stare sveglia, invece, non mi piaceva affatto. In un modo o nell'altro finivo per pensare a Hideaki, ripensavo al suo modo di ridere, alle sue mani tra i miei capelli. Mi mancava anche il suo sottile egoismo, il suo essere stonato, di cui si vergognava moltissimo, persino i momenti in cui si commuoveva per un nonnulla. Mi rendevo conto che era da stupidi, ma quando stavo con lui mi sentivo felice e certi ricordi erano impossibili da cancellare, come se fossero impressi in ogni cellula del mio corpo.

Mi capitava ancora di dubitare che quelle cose me le avesse dette per davvero. Forse era tutto uno scherzo, voleva spaventarmi per poi dirmi "ci hai creduto!". Ma non era così, o non mi sarei ritrovata nella situazione in cui ero.

E allora per non pensarci, per non ricordare, mi ostinavo a dormire.

Il tempo passava veloce.

"Takako, sei sveglia?"

Una sera, verso la fine dell'estate, lo zio mi chiamò da dietro il *fusuma*. Guardai l'orologio: erano già le otto e la libreria era chiusa.

"Sto dormendo," risposi senza uscire dal *futon*.

"Chi dorme non risponde alle domande."

"Ti assicuro che sto dormendo. Non lo sai che sono una maga del sonno?"

Lo sentii ridacchiare. "Sei arrabbiata? Ho parlato con il signor Sabu."

"Sono arrabbiata. Un orco."

"Addirittura! In effetti, però, sono preoccupato anch'io per la mia nipotina. Sabu fa un sacco di domande perché si è affezionato a te, sai? Perché non ti affacci un momento? Devo andare in un posto, potresti accompagnarmi."

"Come se avessi accettato," tagliai corto rivolta al *fusuma*.

Ma lo zio non si arrese. "Non ti farò pesare niente, giuro. E dopo stavolta ti lascerò dormire quanto vuoi, prometto."

"Sul serio?" domandai sospettosa.

"Ti do la mia parola. E se non la mantengo, puoi vendicarti."

Mi alzai controvoglia, mi ravviai i capelli con le mani e schiusi il *fusuma*.

"Me l'hai promesso," gli dissi con un'occhiataccia.

Lui annuì. "Sì, te l'ho promesso."

Il posto dove doveva andare era a un tiro di schioppo dalla libreria Morisaki.

"Siamo arrivati!" disse lo zio fermandosi davanti a un locale in una stradina secondaria, uno di quei vecchi *kissaten* tutti di legno che ormai si vedono sempre più raramente. Uno di quei posti dove ti aspetti di trovare baristi di mezza età, taciturni e dai grossi baffi. L'insegna luminosa con il nome del locale, SUBOURU, sembrava sospesa nel buio.

"Ci vengo sempre qui."

Lo zio spalancò la pesante porta d'ingresso da cui uscì un intenso aroma di caffè.

"Ehi, Satoru. Ben arrivato," salutò il proprietario mentre versava l'acqua bollente nel sifone della caffettiera a depressione.

"Ciao. Ti presento mia nipote Takako."

"Piacere."

Presi posto al piccolo bancone accanto a mio zio e feci un cenno di saluto con la testa. Anche se non aveva i baffi, il volto allungato dava al proprietario un'aria tranquilla e un po' burbera. A occhio e croce avrei detto che andava per i cinquanta. Magari mio zio fosse stato almeno un poco come lui, invece che un eterno bambino.

"Io prendo un *blend*. Takako?"

"Lo stesso."

Mi guardai intorno. Il locale era tranquillo, rischiarato dalle luci basse delle lampade e con una musica al pianoforte in sottofondo. Le pareti di mattoni anneriti erano coperte di scritte lasciate dai clienti nel corso degli anni, in perfetta armonia con l'atmosfera rilassata del posto. Ebbi un tuffo al cuore come non mi capitava da tempo, pensai che lì si stava davvero bene. E mi sentii un pochino meglio.

"Questo posto è qui da cinquant'anni. Una volta ci venivano anche scrittori famosi," spiegò lo zio.

"È così accogliente... immagino che di locali del genere non ce ne siano molti," risposi annuendo con convinzione.

Poco dopo, una giovane cameriera ci portò i nostri caffè.

"Buonasera, signor Morisaki."

"Ciao, Tomo-*chan*. Questa è mia nipote Takako."

"Felice di conoscerti," dissi chinando il capo, mentre Tomo-*chan* sorrideva e rispondeva "Buonasera."

"Tomo-*chan* è una cliente affezionata della nostra libreria. Una vera patita della lettura."

"Ma no," ribatté lei accennando un altro sorriso. Doveva avere la mia età, o forse qualche anno in meno, le guance bianche e rotonde, una parlata quasi cantilenante. Il grembiulino nero le donava, era molto graziosa. Ebbi l'impressione che saremmo andate d'accordo e mi fece piacere.

"Che c'è, Takako? Ti piacciono le ragazze? Guarda che qui ci sono anche dei giovanotti," disse lo zio salutando qualcuno oltre il bancone e chiamando: "Takano!".

"Buonasera, signor Morisaki" rispose un ragazzo alto e un po' allampanato scostando leggermente il *noren*.

"Ehi, Takano, perché uno di questi giorni non porti mia nipote da qualche parte?"

"Ma che dici!?" esclamai dandogli un colpo sulla mano.

Takano doveva essere piuttosto timido, perché bastarono quelle poche parole di mio zio a farlo arrossire.

"Sai, Takano sogna di aprire un caffè tutto suo e quindi viene qui per cercare di imparare il mestiere. Solo che non ne combina una giusta e si prende un sacco di sgridate dal capo."

Lo zio sembrò divertito quando pronunciò la parola "sgridate".

Il proprietario si intromise: "Non farmi passare per burbero".

Takano pareva imbarazzato, ma remissivo com'era – dava l'idea che a spingerlo con un dito sarebbe caduto per terra – diede ragione a mio zio, che dal canto suo sembrava proprio spassarsela.

Una signora di mezza età seduta vicino a noi ci vide e lo chiamò per nome, lui si alzò tutto felice e corse da lei dicendo "che bello, la signora Shibamoto!", poi lo chiamarono da un altro tavolo e corse anche lì.

Quando era in negozio non faceva niente, ma gli bastava fare un passo fuori e guarda un po' come si trasformava. Sospirai, era come farsi prendere in giro da un bambino.

"Satoru è molto popolare da queste parti," disse il proprietario con un sorrisetto che gli fece affiorare due piccole simpatiche rughe ai lati degli occhi.

"Si vede che sa come farsi volere bene," ribattei io sarcastica. "Piuttosto, non avevo mai bevuto un caffè così buono. Per non parlare dell'atmosfera di questo locale, è fantastica."

Il proprietario ridacchiò. "Grazie. Chi lo scopre poi ritorna, puoi starne certa. Ti chiami Takako, giusto? Non eri mai venuta da queste parti?"

"No, mai. Da qualche tempo, però, abito nella libreria di mio zio."

"Alla libreria Morisaki? Che bello. Goditi la vita qui a Jinbōchō, allora."

"Mah," brontolai io.

"Che c'è?"

"Mio zio mi ha detto la stessa cosa."

"È naturale. Non conosco nessuno che ami questo quartiere quanto Satoru."

"Non saprei, boh. Però capisco perché viene sempre qui. Ci tornerò di sicuro."

"Certo, torna quando vuoi," disse lui, poi socchiuse gli occhi e sorrise.

Passato un bel po', quando era ormai notte fonda, lo zio e io uscimmo dal locale e ci incamminammo senza una meta precisa. Di sera si alzava un vento ormai autunnale, che ti faceva subito diventare le guance fredde.

Dopo il caffè lo zio aveva bevuto una birra ed evidentemente gli aveva dato un po' alla testa, perché camminava a piccoli passi davanti a me continuando a mormorare "ah, che bella serata".

Mi resi conto che l'ultima volta che avevamo camminato così, fianco a fianco, era stata quando ero ancora una bambina. Allora ci avventuravamo mano nella mano per le nostre esplorazioni intorno alla casa del nonno ed eravamo capaci di stare in giro tutto il giorno. Chissà perché lo trovavo così divertente. Ma era davvero uno spasso, ridevamo e scherzavamo. Per una figlia unica dal temperamento riservato come me, quello zio era una specie di fratello maggiore con cui adoravo passare il tempo.

Mentre ero immersa in questi pensieri mi ricordai della sua stanzetta perennemente sottosopra, quando cantavamo insieme le canzoni dei Beatles accompagnati dalla sua chitarra scordata o leggevamo per ore i manga di Tezuka Osamu e Ishinomori Shōtarō. Rividi tutto distintamente, e lo sentii finalmente un po' più vicino.

"Senti, zio Satoru," chiamai rivolta alla sua schiena.

"Che c'è?" chiese lui voltandosi a guardarmi con i suoi occhi da ragazzo.

"Tu che cosa facevi quando avevi la mia età?"

"Be', a parte leggere, poco e niente."

"Solo quello?" replicai un po' delusa. "Non mi pare che le cose siano cambiate poi tanto, allora."

"E poi viaggiavo."

"Viaggiavi?"

"Sì. Facevo dei lavoretti part-time con cui mettevo da parte i soldi necessari. Zaino in spalla, ho girato un sacco di Paesi.

Sono stato in Thailandia, Laos, Vietnam, India, Nepal. E una volta ho fatto il giro dell'Europa."

Fu una sorpresa scoprire che era stato così attivo.

"E perché? Non hai mai pensato di cercarti un lavoro normale?"

"Già, perché?" ribatté lo zio incrociando le braccia, come se stesse riflettendo sulla risposta da darmi. "Per farla breve, volevo vedere il mondo con i miei occhi. E mettermi alla prova. Volevo una vita che fosse soltanto mia e di nessun altro."

Per uno che appena poteva lasciava il Giappone allo scopo di mettersi alla prova, tornare a casa ed ereditare una libreria mi sembrava un controsenso.

E poi quello che mi aveva appena raccontato contrastava anche con l'immagine che mi ero fatta di lui quando ero bambina. Adesso che ero cresciuta, però, forse riuscivo a capirlo un po' di più. Fin dagli anni dell'università avevo desiderato fortemente di riuscire a vivere la vita che volevo e che reputavo adatta a me, senza nessuna costrizione. Solo che poi mi era sempre mancato il coraggio.

Forse era quello il vero segreto della libertà dello zio, e sotto sotto ne ero un po' invidiosa.

"Mah, sai, i miei vent'anni se ne sono andati così... Mio padre si arrabbiava per qualsiasi cosa. Poi si è ammalato ed è morto, e io mi sono ritrovato con la libreria da mandare avanti."

"E te ne sei pentito?"

"Macché!" rise lui. "Non esiste lavoro più adatto a me. Per chi ama i libri, questo quartiere è semplicemente perfetto. Sono orgoglioso di avere una libreria a Jinbōchō. Non potrò mai ringraziare abbastanza mio padre e mio nonno."

"Beato te."

"Per cosa?" ribatté.

"Be', fai quello che ti piace fare e facendolo ti guadagni da vivere."

"Ma non è stato sempre così. All'inizio ero piuttosto insoddisfatto. Da giovane non mi era mai passato per la testa che un giorno avrei potuto ereditare l'attività di mio padre. Anche adesso mi capita di avere dubbi. Però, sai: non è sempre facile capire cosa si vuole dalla vita. Anzi, forse lo si capisce a poco a poco, e ci vuole una vita intera."

"Io... Penso di stare sprecando la mia così, senza fare niente..."

Lo zio mi guardò e sorrise dolcemente. "No, non credo. A volte bisogna anche fermarsi. È come una sosta in un lungo viaggio. Immagina di aver gettato l'ancora in una piccola baia. Riposerai per un poco e poi la tua nave ripartirà."

"Ora dici così, però quando dormo mi rimproveri," gli rinfacciai io.

Lo zio si lasciò andare a una rumorosa risata. "Gli esseri umani sono creature piene di contraddizioni."

Sbuffai. Non cambiava proprio mai.

"E allora dimmi, cos'hai imparato viaggiando e leggendo?"

"Tante cose. Ma a furia di viaggiare e leggere mi convincevo sempre più di non sapere proprio niente. Così è la vita. Un dubbio continuo. Non c'è anche una poesia di Taneda Santōka che ne parlava? 'Ti fai strada tra i monti e trovi solo altri monti'."

"Dimmi, zio." Finalmente mi sembrava il momento giusto per rivolgergli la domanda che avrei voluto rivolgergli fin dall'inizio.

"Sì?"

"Perché la zia Momoko se n'è andata?"

"Mah, lei e io ragioniamo alla stessa maniera. Questo ci ha unito, ma anche, almeno in parte, ci ha diviso. Ci siamo incontrati mentre eravamo in viaggio, ci siamo subito innamorati. Ma i viaggi non durano all'infinito. A un certo punto si deve approdare da qualche parte. Pensavo che il nostro capolinea fosse lo stesso, purtroppo mi sbagliavo."

"Davvero? E come ti sei sentito quando l'hai capito? Hai sofferto?"

"Eh, sì..." rispose lo zio alzando gli occhi al cielo coperto di nubi. "Ho sofferto, è sicuro, però..."

"...Però?"

"Però adesso spero solo che sia felice, ovunque si trovi e qualsiasi cosa stia facendo."

"Capisco," ribattei, incapace di interpretare fino in fondo il suo stato d'animo, "ma lei ti ha abbandonato, se n'è andata."

"Sì, ma Momoko è anche l'unica donna che mi abbia mai amato davvero. È la verità. Il ricordo che ho di lei, di noi due insieme, mi resterà dentro finché vivo. In fondo, credo di amarla ancora adesso."

Come si faceva a pensare una cosa del genere?

Avrei voluto chiederglielo, ma la sua schiena gracile, sotto la luce dei lampioni, mi trasmise un senso di malinconia. Rinunciai.

Quella sera, chissà perché, stentavo a prendere sonno. Mi sentivo su di giri, passavano le ore e non riuscivo a calmarmi.

Mi tormentai a lungo nel mio *futon*, i pensieri mi affollavano la mente, si gonfiavano fin quasi a esplodere. Non ne potevo più, mi chiedevo che ne sarebbe stato di me e allo stesso tempo mi arrovellavo sui miei ricordi più dolorosi.

Non andava bene. Decisi di alzarmi. Mi sentivo soffocare, dovevo fare qualcosa. Pensai di guardare la tv, ma prima avrei dovuto riordinare i libri sotto cui era sepolta. Non era un lavoro da iniziare alle tre del mattino.

Se soltanto avessi un libro, pensai nel buio. Mi aiuterebbe a passare il tempo.

In quel momento esclamai: "Ah, che sciocca!". In effetti mi trovavo in una libreria. Di libri ce n'erano quanti ne volevo, e anche di più. Fino ad allora li avevo considerati ostacoli da superare, dimenticando completamente il loro uso primario.

Accesi la luce e cominciai a cercare qualcosa che potesse interessarmi. Non sapevo neppure dove mettere le mani, mi sembravano tutti uguali, vecchi e rovinati. Mio zio sarebbe riuscito a individuarne subito uno di suo gradimento.

Rassegnata, mi misi davanti alla montagna di tascabili e chiusi gli occhi. Allungai la mano ed estrassi dalla pila il primo che mi capitò. Si intitolava *Fino alla morte di una giovinetta*. L'autore si chiamava Murō Saisei. Ricordavo il nome dai tempi del liceo, ma nulla di più.

Cominciai a leggere senza troppe aspettative, alla luce fioca dell'abat-jour, avvolta nel *futon*. Pensavo che mi sarei annoiata, e quindi addormentata, nell'arco di pochi minuti.

E invece cosa mi stava capitando? Un'ora dopo ero completamente rapita dal libro. Lo stile era difficile, pieno di parole complicate, ma parlava della psiche di un personaggio instabile, che suscitò in me un forte interesse.

Il protagonista, dopo aver trascorso l'adolescenza a Kanazawa, si trasferisce a Tōkyō per realizzare il sogno di diventare poeta e va ad abitare nella zona di Nezu, dove è ambientata gran parte della storia. Lì si lega a una sorellastra, poi alla ragazza di un suo amico. La "giovinetta" del titolo è quella che il protagonista incontra casualmente durante la sua vita a Tōkyō, quando è senza lavoro e non ha un soldo. Il rapporto con lei cura le numerose ferite del suo cuore, anche se solo per poco tempo.

La cosa che più mi colpiva era che alla descrizione dell'ambiente complicato in cui il protagonista era cresciuto e della sua adolescenza del tutto priva di stimoli si accompagnava un'atmosfera serena e delicata. Quella sensazione di mitezza, difficile da descrivere, mi toccò profondamente. Era potente, e ciò dipendeva senz'altro dal fatto che l'autore doveva aver riversato nell'opera le proprie emozioni più intense.

Fece giorno e neanche me ne accorsi: continuavo a girare le pagine, una dopo l'altra.

Quando più tardi arrivò mio zio, mi trovò ancora infervorata. Abituato com'era alla mia accoglienza tiepida, rimase di stucco.

"Questo libro è bellissimo," dissi mostrandogli *Fino alla morte di una giovinetta*.

Il suo volto si illuminò, sembrava un bambino che avesse appena ricevuto uno stupendo regalo di compleanno. "È vero! Che bello che lo pensi anche tu," esclamò tutto eccitato.

"Sì, è veramente un bel libro. Come posso dire... mi ha preso." Mi irritava non riuscire a spiegarlo meglio. L'espressione "mi ha preso" non rendeva neanche lontanamente l'idea del subbuglio interiore che quel libro aveva provocato in me.

"È fantastico sentirtelo dire. E per giunta ti sei messa a leggere un autore fuori moda come Murō Saisei, complimenti."

Lo zio era così felice che contagiò anche me.

E così cominciammo a parlare del libro e andammo avanti per un bel po'. Ero contenta di avere finalmente qualcosa in comune con qualcuno. Anche se quel qualcuno era mio zio, anzi: ero emozionata proprio perché si trattava di uno come lui.

Le circostanze inattese ci aprono porte che neanche immaginavamo. Era proprio così che mi sentivo.

E infatti, da quel momento in poi, cominciai a leggere un libro dopo l'altro. Era come se la sete di lettura, da tempo sopita dentro di me, fosse esplosa all'improvviso.

Cercavo di gustarmi i libri che leggevo, uno per volta, piano piano. Avevo tutto il tempo, e quanto ai libri, non correvo certo il rischio di ritrovarmi senza.

Nagai Kafū, Tanizaki Jun'ichirō, Dazai Osamu, Satō Haruo, Akutagawa Ryūnosuke, Uno Kōji... Nomi che avevo già sentito ma di cui non avevo mai letto niente, o che mi erano del tutto nuovi, non importava: se mi incuriosivano, li prendevo e li leggevo avidamente. E più ne leggevo, più volevo leggerne.

Era la prima volta che vivevo un'esperienza così meravigliosa. Mi sembrava quasi di aver sprecato anni di vita.

Smisi di dormire a oltranza, non ne sentivo più il bisogno. Invece di rifugiarmi nel sonno, quando lo zio mi dava il cambio correvo a leggere in un caffè o in camera mia.

Quei vecchi libri nascondevano storie per me inimmaginabili. E non mi riferisco solo a ciò che raccontavano. In ognuno ritrovai tracce del passato.

Per esempio, in *Paesaggio di un'anima*, di Kajii Motojirō, lessi:

Che significa guardare? Significa trasferire su un oggetto parte della nostra anima, se non la sua totalità.

Qualcuno che nel leggere questa frase doveva essersi emozionato l'aveva sottolineata a penna. Io, che mi ero emozionata a mia volta, sentii un'affinità con quello sconosciuto e ne fui felice.

Mi capitò anche di trovare fiori secchi usati per tenere il segno. Quando succedeva li odoravo e fantasticavo su chi, quando e con quale stato d'animo li aveva infilati tra quelle pagine ingiallite.

Erano incontri che superavano le barriere temporali, possibili solo attraverso i vecchi libri. E così cominciai ad affezionarmi alla libreria Morisaki, che di vecchi libri era piena. Poter trascorrere ore in quel piccolo mondo tranquillo mi sembrava un privilegio. Imparai a conoscere gli scrittori e in breve tempo familiarizzai con i clienti abituali. Il signor Sabu si accorse del cambiamento, mi disse: "Brava, Takako-*chan*!" e iniziò a vedermi sotto una luce completamente diversa.

Cominciai ad andare in giro per il quartiere ogni giorno.

L'aria iniziava a rinfrescare, veniva voglia di andare a passeggio. Ero entusiasta del fatto che le foglie degli alberi ingiallissero proprio mentre il mio stato d'animo cambiava.

Durante le mie passeggiate, osservavo una Jinbōchō totalmente diversa dalla prima volta che l'avevo visitata. In men che non si dica, il quartiere intero diventò un territorio da esplorare e io non stavo più nella pelle. Era un angolo di città in cui si respirava un'aria di altri tempi, sia nelle strade principali sia nei vicoli, con tutte quelle vecchie librerie, i caffè, certi bar fuori dal mondo che ti facevano venire voglia di visitarli tutti. L'intero quartiere era immerso in un'atmosfera unica, lenta, e della frenesia che avevo sempre cercato di fuggire non c'era traccia.

Finché mi accorsi che non c'era una libreria uguale all'altra.

Quelle che trattavano soltanto narrativa si dividevano tra librerie specializzate in letterature straniere, romanzi storici e mille altri generi, poi ce n'erano alcune che vendevano solo riviste di cinema, libri per bambini, libricini dell'epoca Tokugawa*. Per non parlare dei librai: alcuni erano vecchi burberi, altri giovani dall'aria simpatica. Stando all'ufficio informazioni del quartiere, le librerie erano più di centosettanta. Aveva ragione mio zio: era il quartiere di librerie più grande del mondo.

Quando ero stanca di camminare, mi infilavo in un bar.

Il caffè caldo era piacevolissimo ora che la stagione vol-

---

* 1603-1868. [*N.d.T.*]

geva al freddo, e una tazza al termine della passeggiata era il modo migliore per scaldarmi il cuore.

Trascorsi così le prime giornate d'autunno.

Quella nuova quotidianità ebbe un effetto sorprendente sul mio umore. Gli ingorghi che nel tempo si erano addensati dentro di me iniziarono a dissolversi poco alla volta, mentre le mie amicizie nel quartiere si moltiplicavano. Andavo spessissimo al Subouru, così entrai in confidenza con il proprietario e il resto dello staff, soprattutto con la cameriera, Tomo.

Tomo era al primo anno di master in letteratura giapponese e nel tempo libero lavorava part-time al Subouru. Qualche volta veniva anche a comprare libri da noi. Era due anni più giovane di me. A prima vista sembrava tranquilla e posata, ma in realtà aveva un'indole passionale. Il suo amore per gli scrittori giapponesi, in particolare, era fuori dal comune. Ero incantata dalla sua complessità.

Tomo iniziò a passare dalla libreria anche se non doveva comprare niente, e prendemmo l'abitudine di bere un tè in mezzo ai libri nella mia stanza.

"Wow, mi sembra di vivere in un sogno!" disse lei la prima volta che salì da me: le brillavano gli occhi.

"Dici? Io lo trovo un po' piccolo. E ho un solo fornello."

Dal punto di vista del comfort, per me che ci abitavo non era il massimo.

Tomo mi guardò come se non avessi capito niente e ribatté: "E non sei contenta? Non c'è niente di superfluo, allunghi la mano e trovi libri. Cosa c'è di meglio?".

"Sarà..."

"Fidati," disse lei.

Mi guardai intorno. Il suo entusiasmo e la sua eccitazione resero decisamente piacevole la stessa stanza che fino a quel momento avevo considerato piuttosto scialba.

Tomo propose di abbellirla, così andammo a comprare dei cosmos dal fioraio all'angolo e li sistemammo in un vaso sul tavolino. L'ambiente si illuminò all'istante. Mi ripromisi di fare in modo che non mancassero mai fiori di stagione.

Dopo un po' di tempo che ci frequentavamo, una volta durante il tè domandai a Tomo perché le piacessero tanto i libri.

Lei mi rispose con il solito tono rilassato: "Uhm, perché, dici? Alle medie ero terribilmente taciturna, l'idea di esprimere la mia opinione davanti agli altri mi terrorizzava. Solo che le emozioni mi affollavano la mente come se fossero dei vortici e con il tempo cominciai a odiare me stessa... Proprio allora, presi in prestito da mia sorella *La studentessa* di Dazai Osamu e lo lessi: quello fu l'inizio di tutto... e non è ancora finita".

"Per molti amanti della lettura comincia tutto dall'incontro con un libro che si trasforma in un'esperienza indimenticabile."

"E allora speriamo di incontrare ancora tanti bei libri, sia tu che io," sorrise Tomo.

"Sì, speriamo," annuii con convinzione.

E poi, grazie a lei, mi capitò un'altra cosa.

Un primo pomeriggio, mentre ero da sola in libreria, vidi arrivare Takano, che lavorava anche lui al Subouru. Poiché stava in cucina non avevo molte occasioni di parlargli, tuttavia era impossibile non notarlo, con quel fisico allampanato. Lo riconobbi all'istante e gli diedi il benvenuto. Lui fece un cenno col capo e cominciò ad aggirarsi nel negozio con l'aria di chi si sente nel posto sbagliato al momento sbagliato.

Pensai che era un tipo strano, provai a chiedergli se fosse alla ricerca di qualcosa, ma lui farfugliò soltanto: "No... Ecco... No...".

Che gli prendeva? Era perfino arrossito. Sembrava uno scolaretto che aveva appena visto la ragazzina che gli faceva battere il cuore. Sussultai. Che avesse un debole per me? In effetti, quando lo zio gli aveva chiesto di portarmi da qualche parte mi era parso esageratamente a disagio. E allora... Il solo pensiero rese nervosa anche me.

Nella libreria regnava un silenzio imbarazzante. L'aria era sempre più pesante e mi sentivo soffocare. Proprio quando credevo di non farcela più, lui esclamò qualcosa ad alta voce.

Ero talmente sicura che fosse sul punto di dichiararsi che già stavo pensando a come avrei potuto rifiutarlo senza che la prendesse troppo male. Le parole che pronunciò, dunque, mi spiazzarono completamete.

"Aihara viene spesso qui, non è vero?" disse arrossendo.

"Aihara sarebbe... Tomo?"

"Esatto."

"Sì, di solito passa quando stacca per la pausa pranzo, perché?"

"Di cosa parlate, quando viene qui?"

Il fuoco che avevo sentito bruciare in me fino a poco prima si spense all'istante. Ridammelo, rivoglio quel nervosismo, pensai.

"Vuoi dire... che ti piace Tomo-*chan*?" gli domandai un po' contrariata.

"Ecco... No, non esattamente..."

"Non preoccuparti, a me puoi dirlo. In effetti Tomo è davvero carina. Immagino però che tu la conosca molto meglio di me, visto che lavorate insieme, o sbaglio?"

"Be'... Io sto in cucina, lei in sala. E poi io non ci so fare con le parole..."

"Si capisce alla prima occhiata che sei un timidone."

"Credi che abbia il ragazzo?" domandò poi Takano con l'aria di chi stava chiedendo la cosa più importante sulla faccia della Terra.

"Chissà. Ora che mi ci fai pensare, non gliel'ho mai chiesto. Però è così carina e simpatica... Non mi stupirei se lo avesse."

"La prossima volta potresti chiederglielo senza farle capire che te l'ho detto io?"

"E perché proprio io? È una domanda molto semplice, non puoi fargliela tu?" sbottai.

"Ma tu e lei siete più in confidenza, da parte tua sarebbe una curiosità del tutto naturale. Senza contare che io non ho mai davvero parlato con una donna..."

"Be', ci stai parlando in questo momento..." replicai piccata. Non ero forse una donna, io? Ma lui non fece una piega.

"Non ti chiedo di farlo gratuitamente. Ti renderei il favore offrendoti il caffè ogni volta che passi da noi."

La sua proposta scacciò via tutti i brutti pensieri che avevo avuto fino a quel momento e mi mise di buonumore.

"Dici sul serio? Guarda che mi presento tutti i giorni."

"Ecco... Tutti i giorni, forse..."

"Cos'è, fai il taccagno adesso? Al prezzo di un caffè potrai avvicinare la donna dei tuoi sogni."

"In effetti..." annuì Takano, ma non del tutto convinto. "Però devi promettermi che non le rivelerai mai niente di questa nostra conversazione."

"Ma certo," risposi portandomi una mano sul cuore.

E così Takano e io stringemmo un patto segreto. Mi confessò che la sua cotta per Tomo durava ormai da quasi sei mesi, durante i quali non era mai andato oltre i semplici saluti, accontentandosi di ammirarla da lontano. Un po' troppo titubante, certo, ma in fondo anche tanto puro.

Ora che avevo preso l'impegno, ero determinata a far sì che le cose tra loro andassero bene. Tomo non aveva affatto bisogno del mio aiuto, ma Takano, al netto di quella timidezza esagerata, era un bel ragazzo, uno con la testa sulle spalle. Pensai che non fosse un male cercare di dargli almeno un'opportunità. Feci del mio meglio, e non per i caffè gratis.

Come prima cosa, feci qualche domanda a Tomo, ma sempre restando sul vago, e scoprii che al momento non aveva un ragazzo e nemmeno qualcuno che le interessasse in modo particolare. Il suo colore preferito era l'azzurro. L'animale, il ghiretto. Il quartiere, manco a dirlo, Jinbōchō. Dopo un po', però, Tomo, che non conosceva le mie intenzioni, cominciò a dare segni di insofferenza per tutte quelle domande.

Non mi scoraggiai. A ogni nuova informazione, correvo al Subouru e spifferavo tutto a Takano sorseggiando il caffè che mi ero guadagnata. "L'animale preferito di Tomo è il ghiretto," gli bisbigliavo dall'altra parte del bancone, e lui, sempre sottovoce: "Ah, che bello!". Con il risultato che il gestore, a cui non sfuggiva mai niente, si convinse che tra noi ci fosse qualcosa, e la notizia raggiunse in breve tempo tutti i clienti abituali.

I miei sforzi, però, non sortivano gli effetti sperati. Takano era troppo timido e non riusciva a trovare una scusa per attaccare discorso con Tomo, dunque eravamo sempre al punto di partenza. Quando seppe che non aveva il ragazzo lanciò un grido di vittoria, ma prima di poter scambiare due chiacchiere probabilmente gli ci sarebbero voluti ancora dieci anni. Non aveva senso. Da parte mia, continuavo a scervellarmi: doveva pur esserci un modo per farli parlare.

Finché un giorno arrivò, del tutto inaspettata, un'occasione succulenta.

Un pomeriggio che ce ne stavamo tranquille a sorseggiare un tè nella mia stanza, Tomo mi parlò di una certa festa dei libri usati.

"Una festa dei libri usati? E in cosa consiste?" domandai.

"Ma come, non lo sai? Ogni anno, in autunno, i librai del quartiere espongono i loro libri per una grande svendita. Jinbōchō si riempie di persone!"

"Davvero? Sembra divertente."

"Partecipa anche la Morisaki, sai?"

"Sicura? Non ne sapevo nulla."

"Certo, partecipano tutte le librerie."

Come al solito, lo zio dimenticava di dirmi le cose più importanti. Giurai a me stessa che gliel'avrei fatta pagare.

"Vorrei farci un giro, ti andrebbe di accompagnarmi?"

Fu allora che ebbi l'illuminazione. Non c'era un attimo da perdere: dovevo dirlo a Takano.

Accettai subito: "Ma certo che ci vengo. Ci vengo!".

La fiera dei libri usati di Kanda si teneva alla fine di ottobre
e andava avanti per una settimana, durante la quale si espone-
vano su carrelli e bancarelle tantissimi volumi.

Era una festa molto affollata. Amanti dei libri vecchi e giovani, maschi e femmine, si riversavano per le strade del quartiere. Anche se sapevo che si teneva una sola volta all'anno,
il numero dei visitatori superava di gran lunga le mie aspettative. Yasukuni-dōri e Sakura-dōri vibravano di tutto quel-
l'entusiasmo e quasi scoppiavano, mentre l'intero quartiere,
che di solito ricordava una cartolina sbiadita, si colorava già
dalla tarda mattinata. Un vero spettacolo.

Come aveva detto Tomo, partecipammo anche noi della libreria Morisaki. Lo zio Satoru e io impiegammo diversi giorni
a dividere i volumi, sistemarli sui carrelli ed esporli all'esterno
del negozio. Vennero a farci visita molti più clienti del solito
e ci fu anche qualche signore particolarmente facoltoso che,
deciso a non lasciarsi sfuggire l'occasione, si portò via cartoni
pieni di libri rari e costosi.

Come prevedevo, mio zio, essendo un tipo festaiolo, gon-
golava come un pesce nell'acqua. Mi disse di aver preso parte alla festa ogni anno, fin da quando era bambino, e infatti
in quel periodo aveva la netta sensazione che il suo corpo
fosse preda di una frenesia incontrollabile.

"Fra poco inizierà a fare freddo e i clienti diminuiranno, capisci? Per questo è importante guadagnare il più possibile adesso," disse – e fu uno dei rari momenti in cui mi fece un discorso da commerciante –, ma mi bastava perderlo di vista un momento e lo ritrovavo a bighellonare tra le bancarelle delle altre librerie. Ogni volta toccava a me, inutile dirlo, riportarlo indietro.

Il terzo pomeriggio chiesi allo zio di lasciarmi staccare in anticipo e raggiunsi Tomo per fare un giro della fiera insieme a lei. E, come da copione, incontrammo *per puro caso* Takano.

Lui e io ci esibimmo in un saggio da attori navigati "Guarda un po' che coincidenza!", "Non me lo dire! E chi pensava di trovarti qui?", ma non ce ne sarebbe stato nemmeno bisogno perché Tomo, che era piuttosto ingenua, non sembrava sospettare alcunché. Così decidemmo di continuare il nostro giro tutti e tre insieme.

Davanti a Tomo, Takano era letteralmente impietrito. Quando, preoccupata, gli mormorai "Mi sembri RoboCop!", lui, con una voce che ricordava davvero quelle metalliche dei robot, rispose: "Non riesco nemmeno a camminare". Tomo lo sentì e scoppiò a ridere.

Chissà perché, le città in festa trasmettono tanta eccitazione a chi le visita. Camminavano tutti e due a grandi passi, come se si fossero messi d'accordo. E Takano aveva qualche motivo in più per camminare così. Ogni volta che Tomo gli rivolgeva la parola, il suo viso si illuminava come se gli fosse apparsa davanti una distesa di fiori. Era così buffo che più volte dovetti trattenermi dal ridere.

Mentre guardavamo i libri in una bancarella allestita all'incrocio di Jinbōchō, ci imbattemmo nel signor Sabu. Era con la moglie e trasportava tanti pacchetti da non riuscire a tenerli con due mani.

La moglie era una donna aggraziata, elegantissima nel suo kimono, al punto che mi sembrò un po' sprecata per il signor

Sabu. Ma innegabilmente tra di loro si percepiva l'affiatamento tipico delle vecchie coppie che stanno insieme da una vita.

Guardai i pacchetti di Sabu e gli dissi: "Ha fatto di nuovo un sacco di compere, eh?".

La moglie si fece avanti e rispose sconsolata: "Proprio così. Non fa altro che comprare libri e a casa non abbiamo più spazio. Anzi," aggiunse rivolta a me, "perché non viene a comprarseli tutti?".

"No, ti prego, questo proprio no," intervenne il signor Sabu. "Ultimamente mi sto controllando, non l'hai notato?"

Erano molto buffi e continuammo a ridere anche dopo esserci congedati da loro.

Iniziava a fare buio, ma Yasukuni-dōri era ancora piena di gente e pure noi proseguimmo di buon grado la passeggiata, fermandoci di tanto in tanto a comprare i libri che più ci piacevano. Tomo ci portò in una libreria che conosceva, la Kintoto, dove vendevano libri di scuola elementare dell'epoca Taishō. Lo stile antiquato di quei testi mi trasmise, al contrario, una sensazione di freschezza, e così finii per comprare un manuale di grammatica da duemila yen.

Quando la sera le librerie cominciarono a chiudere, noi ci infilammo in un ristorante nell'edificio di Sanseidō e cenammo insieme. Ormai Takano sembrava decisamente rilassato, e forse quando aveva di fronte Tomo non vedeva più campi fioriti. Era un vero conoscitore di letterature straniere e per tutta la cena ci parlò di Faulkner, Capote, Updike e altri scrittori; a dispetto della sua proverbiale goffaggine, quando parlava di libri che amava diventava disinvolto. Sia io che Tomo lo ascoltavamo incantate.

Fu una bella giornata, eravamo contenti. In seguito Takano mi avrebbe ringraziato all'infinito, ma per dirla tutta quella che si divertì di più fui io, e lui non mi doveva proprio niente.

L'ultima sera, dopo aver chiuso il negozio, salii nella mia stanza e me ne rimasi un po' da sola senza far niente. Guardai fuori dalla finestra e vidi che tutte le persone che per un'intera settimana avevano affollato la strada erano ormai sparite. Mi stesi sul *futon* e il ticchettio della sveglia mi parve fortissimo. Dopo un po' che fissavo il soffitto, sentii arrivare un'ondata di malinconia simile a quella che avevo provato appena arrivata nel quartiere.

Proprio allora, qualcuno bussò al *fusuma* facendomi sobbalzare. Mi voltai lentamente e, da uno spiraglio tra i due battenti, vidi un occhio che mi fissava.

"Aaah!" gridai, pallida e stridula come la protagonista di un film dell'orrore.

"Oh... ti ho spaventato?" disse una voce stranamente squillante, cui fece seguito un attimo dopo una testa.

Mi misi una mano sul petto. "Zio, ma che colpi mi fai prendere?"

"Hai ragione, scusa. Posso disturbarti un attimo?" E, così dicendo, entrò nella stanza con due grossi sacchi di plastica dai quali estrasse delle bottiglie di alcolici e di succo di frutta che poi dispose sul tavolino. C'erano anche patatine e seppie essiccate.

"Non eri andato alla festa degli organizzatori?" gli domandai.

Lui fece un sorriso da bambino e rispose: "Mi sono affacciato, ho salutato e sono venuto via. Avevo voglia di festeggiare insieme a te. In effetti non abbiamo mai bevuto noi due soli, ci hai fatto caso?".

"Hai ragione. E allora brindiamo." La malinconia di poco prima si era magicamente dissolta.

Dopo che lo zio ebbe tirato fuori dai sacchetti i suoi acquisti, la stanza si trasformò in un salone per le feste in miniatura. Dalla finestra aperta ci arrivava l'eco lontana del verso di un insetto. Immersi in quell'atmosfera tranquilla, la serata scivolò via piano piano, come se il tempo si fosse fermato.

"Allora? Ti sei abituata a questa nuova esistenza?" domandò mio zio con la schiena appoggiata a uno scaffale, allungando le gambe rilassato.

Sorrisi. "Sì. All'inizio ho fatto un po' di fatica, ma adesso mi sto godendo questa pausa dalla mia vita."

"Sono contento."

"Una cosa, però, mi dà sui nervi."

"Cosa?"

"Tu l'hai sempre saputo. Sapevi che mi sarei affezionata a questo posto."

"Ma no. Però sono felice che ti piaccia. Se lo desideri puoi restare qui per sempre, Takako."

La gentilezza delle sue parole mi fece sussultare. "Perché sei così carino con me? Lo so che sono tua nipote, ma erano anni che non ci vedevamo."

"Perché ti voglio bene," rispose lui senza tradire il minimo imbarazzo. "Per te forse sono soltanto un parente di mezza età che conosci a malapena, ma per me è diverso. Tu per me sei come un angelo."

"Un angelo?"

Stavo quasi per sputare il sorso di birra che avevo appena

preso. Nessuno mi aveva mai detto una cosa del genere, né uomo né donna.

"Proprio così, un angelo. E una benefattrice."

"Una benefattrice?" ripetei, sempre più confusa. Non ricordavo di aver fatto mai niente per lui.

"Esatto, una benefattrice. È una mia convinzione, se te lo raccontassi rischierei solo di annoiarti."

"Eh no, voglio saperlo," risposi.

Lo zio mi fissò e mi fece promettere di non ridere.

Feci sì con la testa e lui iniziò a raccontare, piano, come se stesse frugando nella memoria.

"Quando avevo poco meno di vent'anni, conducevo un'esistenza apatica, senza scopo. Mi sentivo fuori posto a scuola come a casa, ed ero sempre chiuso nel mio guscio. Ero troppo sensibile, e questo mi portava a pretendere troppo dagli altri e da me stesso, e al contempo, forse proprio per questo, avevo la sensazione di essere totalmente vuoto. Ero fatto così. Pensavo che al mondo non ci fosse un posto adatto a me."

Non avrei mai pensato che lo zio potesse provare sensazioni simili. Ma continuavo a non capire cosa tutto ciò avesse a che fare con il mio essere "un angelo".

"Fu proprio allora che tua madre ti partorì. Quando tornò a casa per farti conoscere al resto della famiglia, ti incontrai anch'io per la prima volta. Nell'istante in cui ti vidi dormire, così piccola e avvolta in una coperta di lana, scoppiai a piangere senza nemmeno capire perché. Forse per l'emozione di trovarmi di fronte al mistero più profondo della vita. Pensavo che saresti cresciuta, che avresti assorbito tanto, vissuto mille esperienze, e questo mi rendeva felice come se al posto tuo ci fossi io. All'improvviso il mio cuore spezzato si riempì di una luce calda. Un barlume soffuso, che però fece nascere in me una fortissima volontà. In quel momento presi una decisione: non potevo più restare rinchiuso nella gabbia che mi portavo dentro. Dovevo muovermi, guardarmi intorno, imparare il più possibile. E cercare il mio posto nel mondo, un posto dove essere me stesso. Così ho cominciato a viaggiare e a leggere. Insomma, il nostro incontro per me è stato una specie di illuminazione."

"Un'illuminazione... Incredibile."

"E quindi ti considero un po' la mia benefattrice. Per questo farei qualsiasi cosa per te."

Lo zio mi aveva raccontato quella storia con una tale sincerità che non sapevo cosa dire. Mi vergognavo per tutte le volte che mi aveva infastidito o irritato: mi sentii infantile. Sapere che per me provava un sentimento così profondo... Allo stesso tempo capii finalmente perché, quando ero bambina, lui fosse così gentile. Che stupida ero stata: fino a quel momento avevo dato per scontata la sua gentilezza nei miei confronti.

Mi strinse il cuore sapere che qualcuno teneva tanto a me. Riuscii a stento a trattenere le lacrime.

"Zio, certe cose non andrebbero dette sgranocchiando seppie essiccate."

Lo zio scoppiò in una fragorosa risata.

"E alla fine l'hai trovato il tuo posto nel mondo?"

"Mah, penso di sì. Ma ci sono voluti anni."

"E per caso... Quel posto è proprio qui?"

Lo zio annuì.

"Esatto, è qui. La nostra piccola, vecchia libreria Morisaki. Dopo aver spiccato il volo con il mio bagaglio di grandi illusioni, dopo aver girato il mondo, sono approdato nel posto a me più familiare, quello della mia infanzia: è buffo, no? Ma sì, dopo tutto questo tempo sono tornato. Ormai sapevo che non era un problema di luoghi, ma di cuore. Ovunque mi fossi trovato, in compagnia di chiunque, il mio posto sarebbe stato quello in cui ero certo di non stare mentendo al mio cuore. Quando l'ho capito, si è conclusa una fase della mia vita. Sono tornato al mio porto sicuro e ho gettato l'ancora. Per me questo è un santuario, il posto migliore dove riprendere fiato."

"Mi torna in mente che qualche tempo fa il signor Sabu ti ha definito il salvatore di questa libreria..."

Lo zio rise. "Macché salvatore, Sabu esagera! Ho semplicemente preso in carico l'attività quando tuo nonno stava troppo male per occuparsene e rischiava di doverla chiudere. All'inizio lui era contrario. Io ero uno sprovveduto e all'epoca la compravendita di libri usati era un settore in crisi. Io però mi sono messo in ginocchio e l'ho scongiurato di cedermi la libreria."

"È andata così, quindi..."

"Non era giusto che questo posto finisse in malora, no? Ci ho trascorso la maggior parte della mia infanzia. Mi sedevo accanto a mio padre, dietro al bancone, e leggevo in silenzio le *Fiabe* di Andersen mentre lui mi accarezzava la testa con quelle sue grandi mani. Per me erano momenti di assoluta felicità. Pensavo che tutti i miei ricordi sarebbero svaniti insieme alla libreria se avessi lasciato che chiudesse: come avrei potuto accettarlo?"

Le sue parole mi colpirono profondamente.

Dov'era lo zio che conoscevo, che credevo di conoscere? Quante angosce, quanto dolore lo avevano afflitto nella sua vita? Il suo cuore gridava molto più forte del mio. Il suo cuore era uno scrigno colmo di tesori.

Forse anche il suo modo di fare così eccentrico era soltanto una maniera per nascondere agli altri tutte quelle emozioni, uno sforzo che in alcuni momenti doveva risultargli perfino straziante. Perché dentro di lui...

Sentii una fitta di malinconia.

"Se solo anche Momoko avesse trovato qui il proprio posto... Quando se n'è andata, ero così impegnato a rimettere in piedi la libreria che non mi sono accorto di quanto stesse male."

"Zio."

"Sì?"

"A me questa libreria piace. Mi piace tanto."

Avrei voluto dire qualcosa di più profondo, ma non mi era venuto nulla di meglio. Però era esattamente ciò che provavo.

"Grazie. Non pretendo che la mia libreria serva a qualcuno, ma finché una persona, anche una sola, mi dirà quello che mi hai appena detto tu, avrò la forza di andare avanti per anni e anni ancora. 'La nave procede seguendo la corrente, si lascia trasportare leggera, senza una meta': è così che voglio vivere insieme alla mia libreria."

Così dicendo, lo zio accennò un sorriso.

Dopo quella sera cominciai a pensare seriamente alla mia vita.

In libreria avevo trovato calore e serenità, ma non potevo accontentarmi, o non sarei mai cresciuta. Sarei rimasta fragile. Dovevo andarmene, riprendere in mano la mia esistenza. Dovevo farlo.

Ciò nonostante, ero piena di incertezze e il pensiero di allontanarmi mi dava il terrore. Volevo restare ancora un poco. Eccola, la mia fragilità.

Alla fine non riuscii a fare il primo passo e restai ancora a lungo al primo piano della libreria Morisaki. Forse aspettavo soltanto l'occasione giusta. E un giorno, all'improvviso, l'occasione giusta si presentò.

La telefonata mi arrivò il due gennaio.

Avevo trascorso il Capodanno in libreria, senza neanche tornare dai miei. Avremmo riaperto solo il cinque, lo zio era partito per le terme con i colleghi del consorzio e io ero rimasta sola.

In quei giorni Jinbōchō era deserta. C'erano pochissime abitazioni nella zona, e con tutti i locali e gli uffici chiusi non si incrociava anima viva. Non c'erano nemmeno automobili lungo la Yasukuni-dōri.

La notte del trentuno ero andata con Tomo al santuario di Yushima, ma a parte quello non avevo programmi. Il primo dell'anno e il giorno successivo avevo soltanto passeggiato per il quartiere. Era piacevole perdersi in quelle vie deserte, perfino l'aria sembrava più limpida. Me ne andavo a zonzo con la sciarpa al vento, fermandomi di tanto in tanto per respirare a fondo.

Quando la sera del due rientrai, vidi lampeggiare il telefono che avevo lasciato in stanza. Anche se l'avevo cancellato dalla mia rubrica, quando scorsi il numero nell'elenco delle chiamate lo riconobbi subito. Il buonumore svanì all'istante e sentii una stretta al cuore. Premetti il tasto con un dito tremante e ascoltai il messaggio in segreteria.

"Ehi, Takako. Da quanto tempo. Stai bene? In questi giorni non ho niente da fare, ti va di vederci? Se mi richiami ti raggiungo..."

Selezionai "Cancella" prima ancora che il messaggio finisse, ma era troppo tardi: il malumore si era impadronito di me a una velocità impressionante e non sarei riuscita a liberarmene facilmente.

Anche dopo le vacanze, quando la libreria riaprì, continuai a stare male.

Qualcosa di indefinibile, di pesante e freddo, a poco a poco si depositò nel mio cuore. Mi resi conto che una parte di me non si era ancora lasciata alle spalle quella situazione. Mi ero limitata a chiudere gli occhi e attendere che il tempo facesse tutto il lavoro. Ma, nonostante fossero passati sei mesi, mi era bastato sentire la sua voce per sprofondare di nuovo nel caos. Era chiaro che il rancore mi impediva di uscirne una volta per tutte.

"Takako-*chan*, cos'è che ti affligge? Se hai qualche problema parlamene," disse lo zio un giorno di fine gennaio, di punto in bianco, alla chiusura della libreria.

"Come hai fatto a capirlo?" domandai sorpresa.

"Basta guardarti. Non sono cieco," scherzò lui.

Per tutto quel tempo avevo finto di non avere pensieri e credevo di esserci riuscita, invece lui aveva capito.

"Da un po' di tempo andava tutto bene ed eri serena. Poi sei cambiata. Quando ti parlo sembri sempre distratta."

"Ah, sì...?"

"Sì. Non penso di poter fare chissà cosa, ma magari se ti sfogassi potresti sentirti meglio."

Non avevo alcuna intenzione di parlarne, con nessuno, eppure davanti a quelle parole non riuscii a trattenermi: volevo che qualcuno mi ascoltasse, che mi consolasse e mi dedicasse un po' di attenzione. Mi sentivo patetica, avrei preferito resistere, ma le parole dello zio sbaragliarono le mie difese.

Gli raccontai tutto per filo e per segno mentre bevevamo un whisky nella mia stanza. Fuori cadeva una fredda pioggia invernale, le gocce picchiettavano i vetri della finestra.

"Non è niente di che." Fu questa la mia premessa, e in effetti mentre ne parlavo mi resi conto che era proprio così. Avevo perso fidanzato e lavoro, tutto qua. Quando lo dissi a voce alta mi sentii ridicola. E alla fine stavo davvero meglio.

Lo zio beveva il suo whisky senza dire nulla, ascoltava. E anche dopo un'ora che parlavo, tra digressioni e pause, per un po' rimase in silenzio. Fissava con aria pensosa il bicchiere che aveva in mano.

Alla fine mandò giù d'un fiato un altro whisky e disse: "Bene, ora andiamo a chiedere le scuse di quel tipo! Gli facciamo dire: 'Ti ho ferito, mi sono comportato male'".

Fu una reazione così inattesa che quasi mi sentii mancare.

"Cosa? Adesso? Ma sono le undici di sera."

"E chi se ne importa."

Così dicendo, lo zio scattò in piedi e si avviò verso l'uscita della libreria. Mi precipitai dietro di lui e gli afferrai un braccio.

"Non serve, sono stata una sciocca a parlartene. Volevo solo qualcuno che mi ascoltasse. Zio, ti rendi conto che sei ubriaco?"

"Ma no che non sono ubriaco. Be', un pochino forse sì. Ma questo non c'entra. Non ti dà sui nervi? Sei stata usata, Takako."

"E infatti mi dà sui nervi. Mi dà terribilmente sui nervi, mi dà sui nervi come il primo giorno."

"E allora andiamo. Liberati del rancore, o i fantasmi del passato continueranno a tormentarti all'infinito."

"Sì, ma non posso presentarmi da lui insieme a te, come se fossi una bambina che va a risolvere una lite portandosi dietro mamma e papà: non capisci che mi vergogno?" replicai quasi in lacrime.

"Non ti devi vergognare!" Non immaginavo che un uomo minuto come mio zio potesse gridare così forte. La sua voce risuonò per tutta la stanza.

"Non ti devi vergognare, tu sei la mia nipotina. Te l'ho già detto, no? Io ti voglio davvero tanto bene. E siccome ti voglio bene, non posso perdonare quel tipo. È una questione egoistica: tuo zio non può perdonare quel tipo."

"Stai dicendo un mucchio di sciocchezze. Che c'entra l'egoismo?"

"C'entra, perché se ci vado mi sento meglio. E sappi che ci andrò anche senza di te. Quindi, adesso voglio che tu mi dica dove abita. Vado lì e lo prendo a pugni."

A pugni? La situazione stava prendendo una piega pericolosa.

"Aspetta un momento. Non puoi. Chiamerà la polizia. Senza contare che lui giocava a rugby sia al liceo che all'università! Mingherlino come sei, se provi a sferrargli un pugno rischi di prendertene molti di più!"

"N... Non sarà certo questo a farmi desistere." A dispetto delle sue parole, però, lo zio sembrò calmarsi un po'.

"Su, lasciamo perdere e beviamoci su," dissi con un sorriso, nel disperato tentativo di farlo tornare sui suoi passi.

Ma lo zio mi guardò e disse: "Non devi fuggire, Takako-chan". Il tono della sua voce era tremendamente serio. "Ci sono io con te, non fuggire."

I suoi occhi fissi su di me mi fecero sentire forte.

Aveva ragione: non potevo più fuggire, o non sarebbe cambiato mai niente. Era chiaro.

Mi morsi un labbro e dissi: "È giusto. Andiamo, zio".

Lui fece un cenno deciso con la testa.

Quando, dopo una corsa in taxi di quaranta minuti, arrivammo davanti all'appartamento di Hideaki, la pioggia era diventata molto più fitta. Corremmo fino alla porta bagnandoci da capo a piedi perché non avevamo portato l'ombrello.

"È qui, giusto?"

Lo zio si fermò davanti alla porta numero 204.

"Credo di sì," risposi io cercando di ricordare.

In effetti, per tutto il tempo in cui eravamo stati insieme ero stata a casa sua non più di un paio di volte. Quando non uscivamo, stavamo quasi sempre da me. Come avevo fatto a non capire che c'era qualcosa sotto?

Lo zio si passò le mani tra i capelli bagnati e poi, senza la minima esitazione, suonò il campanello. Io tremavo per il freddo e il nervosismo. Avevo la nausea. Poco prima me n'ero uscita con quell'"Andiamo", ma adesso che ero davanti alla porta di Hideaki sentivo che la spavalderia iniziava ad abbandonarmi.

Avrei preferito far finta di niente e andarmene così, lasciando tutto com'era. Questo pensavo davanti a quella porta di metallo chiusa.

Ma ormai era troppo tardi. Sentii dei movimenti, poi il rumore della serratura, infine si aprì uno spiraglio.

"Chi è?" domandò una voce bassa che conoscevo bene.

Lo zio afferrò lo stipite e spalancò la porta.

Hideaki ci guardò a bocca aperta. Dovevamo averlo svegliato, perché aveva su una guancia il segno del cuscino e i capelli erano spettinati. Le spalle robuste e gli occhi allungati, però, erano quelli di sempre. Certo, era normale, non erano mica passati dieci anni. Ebbi una stretta al cuore.

Hideaki spalancò gli occhi, guardò prima me e poi lo zio, quindi gli chiese: "Chi sei?".

"Lo zio di Takako."

"Eh?"

"Lo zio Satoru. Sua madre è mia sorella."

"No, quello l'ho capito... Volevo sapere che ci fai qui."

"Qualcosa da fare ce l'avrò, non pensi? Se no non sarei

venuto. O ti sembro uno che vuole venderti l'abbonamento a una rivista?"

"Appunto, allora puoi dirmi perché sei qui?" domandò Hideaki irritato.

Io non capivo più niente, mi limitavo a guardarli. Quella sera lo zio era incredibilmente battagliero.

"Se siamo qui è perché ti sei comportato in maniera deplorevole con lei. E non fare finta di cadere dalle nuvole."

"Cosa?"

La voce di Hideaki salì di un tono. Ma lo zio non si fece impressionare.

"L'hai presa in giro, hai fatto in modo da costringerla a lasciare il lavoro... Ce li hai dei sentimenti? Non ti senti in colpa sapendo di aver ferito una persona fino a questo punto?"

"Aspetta un attimo, quand'è che l'avrei ferita? È stata lei a raccontartelo?"

"Esatto."

"Ma sarai scemo? Non so chi diavolo tu sia, ma come fai ad abboccare a tutto quello che dice quella lì? È stata lei a venirmi dietro."

"E perché mai dovrebbe mentire? Cosa avrebbe da guadagnarci? Per colpa tua ha lasciato il lavoro e sta ancora soffrendo."

"L'ha deciso lei di lasciarlo."

Lo zio fece un respiro profondo.

"Non c'è niente da fare, Takako. Questo qui è marcio fino al midollo."

"Ehi, zietto. Vedi di moderare i termini."

Hideaki uscì sul pianerottolo e lanciò un'occhiata minacciosa allo zio. Sarà stato almeno venti centimetri più alto di lui. Lo zio, senza lasciarsi intimidire, ricambiò l'occhiataccia, ma l'effetto era completamente diverso.

"Che succede?"

Da dentro si era affacciata Murano, la fidanzata di Hideaki, in pigiama.

Non poteva andare peggio di così. Ero imbarazzata, a disagio, non sapevo cosa fare.

"Takako?" domandò Murano, aggrottando le sopracciglia, quando si accorse di me. "Che diavolo succede? Sei tutta bagnata..."

"Si sono presentati qui all'improvviso. Takako, sei impazzita per caso? Come ti è saltato in mente di venire nel cuore della notte con questo tizio?"

"Diglielo, Takako."

"Ecco..."

Alzai piano la testa e vidi che mi stavano guardando tutti e tre. Perché doveva andare a finire così? Avrei voluto volatilizzarmi all'istante. Aspettavano tutti in silenzio che dicessi qualcosa. Cominciai a scervellarmi alla ricerca delle parole giuste per mettere a posto le cose.

Passavo di lì. Ero andata a farmi restituire un libro che gli avevo prestato. Volevo porgere loro i miei auguri per le nozze. No, non andava bene. Proprio no. Non era quello che volevo dirgli. Che cosa ero andata a fare laggiù? Volevo mettere un punto o no? Se avessi tergiversato ancora una volta, non avrei risolto niente.

Deciditi, mi dissi.

"Io..."

Gli occhi di tutti e tre erano fissi sulle mie labbra. Respirai profondamente. Mio zio era lì con me. Mi veniva da piangere. Allo stesso tempo, sentivo montare nel mio cuore tutte le emozioni che avevo cercato di soffocare. Non riuscivo più a pensare, le parole divennero un fiume e uscirono senza che potessi controllarle.

"Io voglio che tu mi chieda scusa! Per te è stato soltanto un gioco, ma per me no! Io ti amavo davvero! Sono anch'io un essere umano, ho anch'io dei sentimenti! Forse tu mi vedevi solo come qualcuno di cui disporre a tuo piacimento, ma io penso, respiro, piango! Sai quanto sono stata male per quello che mi hai fatto? Io... Io..."

Non fui in grado di dire altro. Tra la pioggia e le lacrime ero completamente zuppa. Ma dopo sei mesi ero finalmente riuscita a dirgli ciò che avrei dovuto dirgli quella sera al ristorante.

"Ben detto, Takako-*chan*," disse lo zio dandomi una pacca sulla spalla. Poi si volse verso Hideaki: "Adesso tocca a te. Lei ti ha detto ciò che prova. Le devi una risposta".

Hideaki era rimasto tutto il tempo in silenzio e con lo sguardo basso. Alla fine mormorò: "Che sciocchezze. Forse voi avete tempo da perdere, ma io no! Me ne vado a dormire. Andatevene, se non volete che chiami la polizia".

Così dicendo, richiuse piano la porta. Dopo lo scatto della serratura, sul pianerottolo tornò il silenzio.

"Aspetta un momento!"

Lo zio cominciò a battere furiosamente i pugni sulla porta mentre io cercavo di trattenerlo.

"Basta così, zio."

"Ma Takako!"

"Basta così, sul serio. Mi sento meglio. Non sono mai stata così bene, credo sia la prima volta che urlo a gran voce i miei sentimenti a qualcuno."

Così dicendo, gli rivolsi un sorriso bagnato di lacrime.

"Se lo dici tu..." brontolò lui, non del tutto convinto. "Ne sei sicura?"

"Sì. Dai, torniamo a casa se non vogliamo prenderci un raffreddore."

"...Va bene."

"Sì."

Guardai la porta chiusa, pensai "addio" e me ne andai.

In taxi non ci dicemmo quasi niente. Lo zio, stremato dal confronto con Hideaki, sprofondò nel sedile posteriore mentre io gli sedevo accanto, finalmente rilassata e immersa nei miei pensieri.

La colpa non era soltanto di Hideaki. Lo sapevo benissimo. Se le cose erano andate a finire così, avevo anch'io la mia parte di responsabilità. Ero stata incauta e troppo remissiva.

Sentivo però di dovergli parlare. Forse era stato egoista da parte mia, ma volevo che sapesse cosa provavo. Avevo sofferto fin troppo per la mia mancanza di coraggio. Sapevo benissimo che Hideaki non avrebbe mai ammesso le proprie colpe, ciò nonostante avevo bisogno di dirgli tutto, o non sarei mai riuscita ad andare avanti. Non sarei mai ripartita. Se lo zio non mi avesse dato un appiglio, probabilmente avrei continuato a soffocare i miei sentimenti.

Cercai dentro di me le parole per ringraziarlo, ma non le trovai. Una sola mi ronzava per la testa, e la dissi: "Grazie...".

Lo zio sorrise e mi si avvicinò spalla a spalla. Il calore del suo corpo mi calmò. Avevo qualcuno che si preoccupava per me, che si arrabbiava per me. Fino ad allora mi ero sempre sentita sola, invece adesso c'era qualcuno pronto a difendermi e a prendersi cura di me. Ero felicissima.

Il nostro taxi percorreva in silenzio la strada illuminata dai neon sfocati dalla pioggia.

Fu subito dopo che decisi di lasciare la libreria.

Anche se in modo strano, quell'episodio mi diede la carica di cui avevo bisogno. Tutto ciò che mi bloccava si dissolse facendomi sentire più leggera, e capii che era giunto il momento di andarmene.

Mi trovai un nuovo appartamento e mi organizzai per andarci ad abitare in marzo. Era molto lontano dalla libreria, ma pazienza. Non sapevo ancora come si sarebbero messe le cose, ma intanto, grazie a contatti del mio vecchio lavoro, ero riuscita a trovare un impiego part-time presso una piccola agenzia grafica.

Quando annunciai allo zio il mio proposito di andarmene, lui ne fu molto sorpreso e mi invitò a pensarci bene: "Non devi decidere così in fretta...".

Ma ormai avevo deciso.

"Mi sono presa una pausa fin troppo lunga. Se non parto alla ricerca del mio posto nel mondo, rischio di non trovarlo mai più."

Lo zio allora non disse altro.

In quell'ultimo mese cercai di godermi il più possibile la libreria. Mi impegnai al massimo nel lavoro, mentre nel tempo libero lessi più libri che potevo. Per ringraziare lo zio, pulii da cima a fondo sia il negozio che l'appartamento al piano superiore e rimisi in ordine, con grande cura, tutti i volumi che il primo giorno avevo accatastato lungo un lato della stanza.

Annunciai la mia partenza anche ai clienti abituali e agli amici del Subouru. Ci rimasero tutti male, segno che mi volevano bene, e la cosa mi commosse. Il signor Sabu mi propose perfino di sposare il figlio, e per poco non me lo faceva incontrare per davvero.

Takano e Tomo organizzarono una festicciola per salutarmi. Preparammo il *nabe* nel mio appartamento e ce la spassammo fino a notte fonda. Tomo era sinceramente dispiaciuta di dover salutare la sua compagna di letture e mi disse: "Mi raccomando, ti aspetto per la fiera dell'anno prossimo".

In quell'occasione, Takano mi confessò che qualche tempo prima aveva invitato Tomo a vedere un film con lui in un cinema di Shibuya. Erano ancora lontani dal mettersi insieme, ma considerando i tempi di Takano si trattava di un passo importante.

"E bravo!" gli dissi tutta contenta dandogli una pacca sulla spalla magra.

Dopodiché ricevetti una chiamata del tutto inattesa da Murano, la fidanzata di Hideaki, e ci incontrammo in un caffè per parlare.

Ero dispiaciuta per averla costretta ad assistere a quella scena a casa di Hideaki, quindi andai all'appuntamento anche con l'intenzione di scusarmi. Ma non appena mi vide fu lei a chinare profondamente il capo.

Mi disse di aver sempre nutrito dei sospetti, e che dopo aver assistito alla mia scenata aveva fatto due più due, lo aveva assillato e alla fine era riuscita a farsi raccontare la verità. Fino a quella sera, però, non aveva mai immaginato che l'altra donna di Hideaki potessi essere io.

Siccome continuava a scusarsi, le dissi: "Ho anch'io le mie

colpe", ma lei mi contraddisse con un cenno della testa. Aveva rotto il fidanzamento. Mi scusai ancora una volta, ma lei rispose: "Non è colpa tua, Takako".

Io non potevo fare a meno di sentirmi in torto, ma quando qualche giorno dopo lo raccontai allo zio, lui mi disse: "Ha fatto bene. Piuttosto che scoprire la sua vera natura dopo il matrimonio, è stato meglio sapere tutto prima".

Per mio zio, Hideaki era il nemico da combattere, quindi era normale che la pensasse così, ma capii che ciò che diceva aveva una sua logica e mi sentii finalmente liberata.

L'ultima sera alla libreria prendemmo un caffè sul balcone della mia stanza, sotto un freddo cielo invernale. Lo zio mi regalò un'enorme quantità di libri che, disse, aveva letto da giovane e lo avevano colpito in qualche modo. Sbirciai nelle grosse buste di carta che aveva preparato per me e vidi che erano piene di opere di autori piuttosto fuori moda, come Fukunaga Takehiko e Ozaki Kazuo. Fu una serata molto speciale. Lo zio mi disse una cosa che non avrei mai dimenticato.

Esordì dicendo: "Voglio che tu mi faccia una promessa", e poi: "Non aver paura di innamorarti. Cerca di amare più che puoi. Anche se rischi di soffrire, ricordati che una vita priva di amore è molto più triste. Mi tormenta il pensiero che per quello che ti è capitato tu possa chiuderti in te stessa. Amare è meraviglioso. Non dimenticarlo mai. Chi ha amato se ne ricorderà per tutta la vita. E quel ricordo scalderà il suo cuore. È una cosa che si capisce quando si arriva alla mia età. Allora? Me lo prometti?".

"Sì, te lo prometto. Credo di averlo capito proprio qui da te. Quindi, non preoccuparti."

"Davvero? Allora sarò tranquillo ovunque andrai."

"Sì, certo. Grazie, zio."

La mattina della partenza mi fermai a guardare la libreria Morisaki alle prime luci del giorno. Un vecchio, piccolo edificio in legno. Non riuscivo a credere di aver abitato lì dentro.

Sbuffando vapore per via del freddo, per un po' non riuscii a muovere un muscolo. La luce soffusa del sole avvolgeva la strada in un tiepido abbraccio. I negozi erano ancora tutti chiusi e c'erano silenzio e calma dappertutto.

Raddrizzai il busto e feci un inchino in direzione della libreria. Non dimenticherò mai cosa mi hai dato, pensai.

Ringraziai dal profondo del cuore anche lo zio, venuto apposta a quell'ora del mattino per salutarmi. Per me adesso era una presenza insostituibile, chi lo avrebbe mai detto?

Al momento dei saluti piangeva come un bambino, tanto da farmi chiedere dove fosse finito l'uomo maturo che la sera prima mi aveva fatto tutti quei discorsi.

"Lo sapevo, non ce la faccio. Resta, Takako-*chan*." Così dicendo mi strinse forte le mani e non voleva lasciarle.

"Ma verrò a trovarti spesso," lo consolai, anche se in effetti sarebbe stato più giusto che fosse lui a consolare me. "E ricordati: voglio che tu ti prenda cura di te. E della libreria."

Ancora un secondo e non sarei più riuscita ad andarmene: salutai lo zio, che continuava a trattenermi, in maniera sbrigativa e mi incamminai lungo la strada. Procedetti a passo svelto fino alla fine di Sakura-dōri, senza mai girarmi, mentre dentro di me affioravano i ricordi. Ma riuscii a controllarmi e arrivai fino in fondo.

Poi ebbi come un presentimento, mi fermai e mi voltai a guardare.

Vidi la sagoma piccola piccola dello zio fermo al centro della strada che sventolava la mano verso di me, allora non riuscii più a frenarmi e scoppiai a piangere.

Con il volto rigato dalle lacrime, sventolai la mano a mia volta. Lo zio allora la sventolò ancora più forte. Alle sue spalle brillava il sole.

"Stammi bene!" gridai, quindi voltai l'angolo e mi incamminai lungo Yasukuni-dōri, già piena di gente.

I passanti che incrociavo, vedendomi piangere in quel modo, dovevano pensare che fossi un tipo strano, ma non me ne importava. Piangevo perché avevo voglia di piangere, e nella mia vita non avevo mai pianto lacrime così felici.

L'aria pungente del mattino sembrava annunciare l'arrivo della primavera, e io le andavo incontro a passo spedito.

Il ritorno di Momoko

"Takako-*chan*, da quanto tempo! A quanto pare, ho fatto come Urashima Tarō, che ha visitato il mondo sottomarino e al suo ritorno sulla terraferma ha scoperto che erano passati tre secoli!"

La zia Momoko mi accolse con queste parole, seguite da una risata fragorosa, non appena mi vide comparire davanti alla libreria. La sua voce risuonò per tutta la strada. Era così spensierata che per un attimo non seppi come comportarmi.

Era vero. Era tornata. Me ne convinsi quando me la ritrovai di fronte. Lo sapevo già perché me lo avevano detto, ma per crederci avevo dovuto vederla con i miei occhi. Era come se qualcuno mi avesse detto di aver visto uno spettro.

Ma la zia Momoko era lì per davvero. E di buonumore, per giunta. Riapparsa all'improvviso dopo cinque anni di assenza. Come faceva a essere così di buonumore? Lo zio Satoru invece le stava accanto con l'espressione di un cane che ha appena mandato giù un boccone rancido. Si erano forse invertite le parti?

"Che c'è? Sembra che tu abbia visto un fantasma, cattivona!" mi disse la zia Momoko.

Non avevo ancora aperto bocca. Un fantasma mi avrebbe sorpreso meno.

Stavo per dirglielo, poi mi trattenni. "Zia Momoko, sei in

forma, mi pare," mi limitai a osservare. Il nostro ultimo incontro risaliva a oltre dieci anni prima.

Da giovane era stata molto bella. Non da perdere la testa, ma sicuramente in grado di attirare l'attenzione. Come una pietra raccolta in riva al mare, non una pietra preziosa, eppure dotata di un luccichio tutto suo. Da bambina l'avevo sempre trovata misteriosa, mi colpiva il suo stare in disparte durante le riunioni di famiglia (la zia Momoko era anche piuttosto minuta).

Ed era bella anche adesso che aveva qualche anno in più. Portava una felpa beige e un paio di jeans, e giusto un filo di trucco. Ma la varietà delle sue espressioni, la schiena dritta e la parlata vivace la facevano sembrare molto più giovane. Più che invecchiata, pareva aver cambiato pelle ed essersi liberata del superfluo.

In ogni caso, non aveva proprio l'aria di una che se n'era andata di casa per poi ripresentarsi all'improvviso. Lo zio invece aveva le spalle curve, era trascurato nel vestire, spettinato, e sembrava quasi un vecchio.

Momoko strizzò gli occhi e mi disse: "Ma Takako, sei diventata una donna! Al funerale del nonno eri ancora una liceale. Accipicchia, sembra ieri".

Così ci rincontrammo, un bel pomeriggio d'autunno, al tramonto, davanti alla libreria Morisaki, io, lo zio Satoru e Momoko.

"È tornata."

La telefonata concitata dello zio Satoru risaliva a due giorni prima. Erano trascorsi già sei mesi da quando avevo lasciato la libreria.

Dopo la lunga pausa lì da lui, avevo cominciato a lavorare in una piccola agenzia di grafica. Nel giro di tre mesi ero passata da un impiego part-time a uno full-time, così non avevo più molto tempo a disposizione e per qualche settimana non ero riuscita a fargli visita. Ecco perché, quando mi telefonò, pensai volesse semplicemente vedermi. Soltanto quando sentii il tono della sua voce mi resi conto che c'era dell'altro.

Lo zio mi spiegò nei minimi dettagli che cosa stava succedendo. La telefonata era durata quasi due ore.

Quel giorno, come sempre, lo zio era stato in negozio a Jinbōchō da mattina a sera. La giornata era andata piuttosto bene perché era riuscito a vendere dei volumi rari di Mori Ōgai e Oda Sakunosuke, quindi era decisamente di buonumore. Proprio mentre, fischiettando, si apprestava a chiudere il negozio, qualcuno era entrato senza dire niente.

Un cliente a quell'ora? Allo zio sembrò strano, ma continuò con i preparativi per la chiusura dando le spalle all'ingresso. Il cliente, però, non avanzava verso l'interno della libreria. Restava in piedi sulla soglia e tratteneva il respiro. Che strano.

Quando, insospettito, fece per voltarsi, quello borbottò qualcosa. Sentendo la sua voce, lo zio ne fu colpito "come se mi avessero dato diecimila botte in testa".

All'inizio pensò di aver sentito male. Ma dentro di sé sapeva di non potersi sbagliare. Confondere quella voce era improbabile quanto l'eventualità che la libreria Morisaki ricevesse cento clienti tutti insieme.

Il cliente si rivolse ancora una volta alla schiena dello zio, rigida e immobile, e stavolta scandì meglio il suo nome: "Satoru...".

Lo zio fece un respiro profondo e finalmente si voltò.

Il paesaggio abituale della libreria parve rimpicciolire per lasciare spazio a quella figura. Davanti a lui c'era sua moglie, svanita nel nulla cinque anni prima e praticamente irreperibile fino a quel momento. Non riusciva a toglierle gli occhi di dosso. Credeva di sognare. Aveva fatto sogni del genere almeno un centinaio di volte. Ma adesso sembrava troppo vera per essere un sogno. Era proprio Momoko, e non era cambiata affatto.

Dopo un lungo silenzio, Momoko sorrise.

"Sono a casa."

Lo disse come se fosse appena rientrata da una passeggiata. Come bagaglio aveva soltanto un borsone.

Lo zio continuò a fissarla in silenzio per un po', quindi rispose: "Bentornata".

Senza aggiungere altro, Momoko si avviò tranquilla al piano superiore. E si stabilì nell'appartamento.

"Aspetta, aspetta, aspetta."

Fino ad allora ero stata ad ascoltare pazientemente, ma dopo aver sentito cosa si erano detti non riuscii più a trattenermi.

"Che diamine è? 'Sono a casa' e 'Bentornata'? 'Si è stabilita nell'appartamento'? Mi sembra un racconto di fantasmi."

Lo zio rispose con estrema serietà: "Dico solo la verità, Takako".

"Se quello che dici è vero, allora siete due matti. Perché la zia si è rifatta viva così di punto in bianco? E tu perché l'hai accolta senza nemmeno arrabbiarti?"

"In effetti c'è da restare a bocca aperta," ammise lo zio. "È andata così, è stata una reazione del tutto naturale."

Ero talmente irritata che rimasi senza parole. Sapevo già che lo zio era un tipo originale, ma tutti e due messi insieme mi sembravano davvero assurdi.

"Non posso credere che tu non le abbia ancora chiesto niente," dissi, e lui: "Sì. Sai com'è, sono cose difficili da chiedere".

"Non ci credo. Ma perché non te la porti a casa a Kunitachi e le fai tutte le domande che devi farle?"

"Lì si sentirebbe a disagio, preferisce l'appartamento sopra la libreria. Sai, Takako, io le donne proprio non le capisco. Secondo te, perché è tornata?" chiese in tono dubbioso.

La mia risposta fu secca: "Io questo non lo posso sapere. Trattandosi di tua moglie, nessuno la conosce meglio di te".

"E infatti pensavo di conoscerla meglio di chiunque altro. Solo che adesso sono confuso, non ci capisco più niente. Tu sei una donna, forse tra donne riuscite a intuire cosa vi passa per la testa."

"Siamo donne tutte e due, sì. Ma siamo comunque due persone totalmente diverse."

Lo zio rimase in silenzio per un po', poi mi chiese: "Senti, Takako-*chan*... Secondo te... Secondo te se ne andrà un'altra volta?".

Provai una grande tenerezza sentendo il tono preoccupato della sua voce. Mi tornò in mente la sua schiena curva, la sera in cui mi aveva raccontato cosa era successo con Momoko. L'amava ancora, era evidente. E soffriva ancora per lei. Non volevo più vedere quella schiena curva.

"Tu non vuoi che se ne vada?"

"Non lo so. Prima pensavo che mi bastasse saperla felice ovunque fosse, ma adesso è tornata ed è cambiato tutto. Non che io possa essere certo che qui con me Momoko sia effettivamente felice... Che presunzione da parte mia!"

Accidenti. Non se ne usciva. Rassegnata, gli domandai: "E quindi? Vuoi chiedermi qualcosa?".

"Come hai fatto a capirlo? Avrei bisogno di un favore..."

Sorrisi. "Zio, ti ho frequentato abbastanza a lungo per capire quando vuoi qualcosa da me."

"Takako-*chan*, al mondo non esiste una nipote splendida quanto te, lo sai? Te ne sarò per sempre grato."

Come avevo intuito, lo zio mi chiese di indagare sui programmi di Momoko. Perché era tornata, che cosa aveva intenzione di fare.

Pare che cinque anni prima fosse andata via lasciando solo due righe: *Starò bene. Non cercarmi.* Non aveva portato quasi niente con sé e, dal momento che prima di allora non aveva mai fatto presagire nulla del genere, lo zio temeva che la storia potesse ripetersi.

All'epoca era così confuso che, dopo averci ragionato sopra fino alla nausea, aveva deciso di fare come diceva il biglietto: non la cercò, né tantomeno si rivolse alla polizia.

Lo zio disse che Momoko mi era particolarmente affezionata, anche perché loro non avevano avuto figli, quindi forse con me si sarebbe aperta. Aggiunse un "allora aspetto tue notizie!" e riagganciò.

La zia Momoko era affezionata a me? Nonostante ci parlassimo a malapena? Non ne ero del tutto convinta. E mi seccava un po' essere trascinata in una questione così intima, una questione in cui – in fondo – non c'entravo niente. Ma la voce dello zio era così sconsolata che non ero riuscita a rifiutare: era pur sempre il mio benefattore.

"Avanti, entriamo. Ne ho di cose da raccontarti," disse Momoko. Erano due mesi che non mettevo piede in libreria.

Come al solito, c'erano volumi dappertutto. Il pavimento di legno scricchiolava a ogni passo. Dalle finestre filtrava la luce calda del tramonto, in cui danzavano minuscole particelle di polvere. Dopo tanto tempo, respirai a pieni polmoni l'aria della libreria. Mi ricordai della prima volta, quando con una smorfia avevo borbottato che c'era puzza di muffa, facendo sorridere lo zio. Adesso, strano a dirsi, quel sentore stantio proveniente dalla carta era quanto di più caro avessi al mondo.

Ci sedemmo tutti e tre al bancone e mangiammo dei *taiyaki* che avevo comprato strada facendo.

Nel mentre entrarono due clienti che, vedendoci lì come topolini a sgranocchiare dolcetti, fecero una faccia strana, si affrettarono a comprare i loro libri e andarono via. Invece dello zio, fu Momoko a occuparsi di loro, e con estrema cortesia. Si vedeva che era abituata, in fondo era stata accanto a un libraio per tanti anni.

Fu soprattutto lei a parlare. Era un fiume in piena, un discorso privo di ogni possibile filo logico.

"E quindi hai abitato anche tu qui, Takako-*chan*. Come me adesso... Il condizionatore non vuole saperne di funzionare, l'estate dev'essere tremenda... Oh, ma questi *taiyaki* sono pieni di pasta di fagioli fino alla coda, che bontà. Dove li hai comprati? ...Qua intorno sono cambiate parecchie cose. Vedo più negozi alla moda. O forse soltanto le signore di mezza età usano l'espressione 'alla moda'?"

Mentre saltava da un argomento all'altro, di tanto in tanto prendeva lo zio Satoru per il ganascino e gli dava un pizzicotto. Dopo un po', le guance gli erano diventate tutte rosse.

"Perché continui a fare quel gesto?" domandai stupita.

"Quale gesto?" ribatté Momoko cadendo dalle nuvole.

"Continui a dargli pizzicotti!"

"Ah, be'," rise lei, "è una vecchia abitudine. Pizzico le guance. Ma solo alle persone che conosco bene. Dev'essere il mio modo di esprimere affetto. Bisogna ammettere, però, che Satoru è buffo quando glielo faccio, no?" Così dicendo portò entrambe le mani sul volto dello zio e gli pizzicò le guance tirandole su e giù, come si fa con i bambini per fargli pagare penitenza. Lo zio mi fece pena, altro che buffo.

"Smettila!" si lamentò. Ma ormai si era così abituato che nella sua voce percepii una punta di rassegnazione.

La sua reazione fece di nuovo scoppiare a ridere Momoko, che finalmente lo lasciò stare. Forse era un po' sadica.

"Ma scusa, davanti a Takako mi vergogno!" protestò ancora lo zio.

"E perché, cosa te ne importa? Takako è la nostra nipotina!"

"Non riconoscerà più in me l'autorevolezza di un adulto."

"E quand'è che saresti stato autorevole, tu?" rispose lei pronta.

Chissà se con il tempo avrebbe iniziato a pizzicare le guance anche a me. Guardandoli provai un certo timore.

Poi la zia Momoko cambiò argomento per l'ennesima volta. Mi prese le mani all'improvviso e mi guardò tutta seria.

"Come sono contenta di averti rivisto, Takako-*chan*. Ogni tanto ti pensavo. Chissà che fa, quella nipotina così graziosa, mi chiedevo. Quando andavi al liceo eri talmente tranquilla e riservata, davvero carina. E quella treccia che portavi: una vera delizia!"

"Davvero pensavi questo di me? In realtà non ero affatto come dici," tagliai corto. A quei tempi ero in piena fase adolescenziale, sempre incline alla rabbia, ma non ero capace di esprimerla né di elaborarla, quindi mi tormentavo. Lei invece mi vedeva in quel modo. Se alle riunioni di famiglia me ne stavo buona buona era solo perché non volevo attirare l'attenzione su di me.

La gente si fa spesso idee sbagliate, pensai osservando Momoko che mi fissava adorante. Io stessa avevo frainteso tanti lati del carattere dello zio Satoru. Si può essere parenti, compagni di scuola o colleghi di lavoro per anni, ma se non ci si sforza di entrare davvero in connessione con gli altri è come se non ci si conoscesse affatto. Per questo avevo anch'io la mia buona parte di responsabilità per come era andata a finire con Hideaki. Non potei fare a meno di ripensarci.

"Anche tu sei cambiata parecchio dall'ultima volta che ti ho visto, zia Momoko," aggiunsi con un po' di ironia. Ma lei scoppiò in una fragorosa risata, segno che non se l'era presa.

"Be', sì. Alle riunioni di famiglia ero un'altra persona. I vostri parenti erano tutti istruiti, no? Il nonno era sempre così impassibile da farti venire il dubbio che portasse una maschera del teatro nō. La decisione di sposarci fu talmente improvvisa che in quella casa mi sentivo sempre un po' a disagio. In nostra presenza sembravano tutti strani. Ecco perché cercavo di stare in un angolo, di non farmi vedere."

"Era per questo, allora. Eppure vi siete sposati lo stesso."

"Sai, a quei tempi la convivenza non era ben vista. Noi due ci siamo conosciuti a Parigi, ci siamo innamorati, e al nostro rientro in Giappone siamo corsi a sposarci civilmente. Abbiamo fatto tutto quasi d'impulso."

"Parigi?!" esclamai. "E perché a Parigi?"

"Ma come, non lo sapevi? All'epoca io abitavo a Parigi. Lui faceva il giramondo squattrinato e ci siamo incontrati davanti a una bancarella di libri in un mercatino delle pulci. Ce l'aveva già qui la libreria, che motivo c'era di andarseli a cercare anche lì? Senza contare che sembrava uno straccione, con la barba lunga e i vestiti logori."

"Era un modo per tenere lontani ladri e scippatori," buttò lì lo zio per scherzo.

Momoko non gli diede retta.

"Quando gli parlai, però, lo trovai interessante, e poi aveva quell'aria malinconica che ti faceva venire voglia di restargli vicino. E così mi sono detta che potevo anche provare a frequentarlo per vedere cosa succedeva."

"Ma pensa."

Ormai pendevo dalle sue labbra. Lo zio si era messo in viaggio per cercare di risolvere i suoi problemi, e lungo il cammino aveva incontrato la zia Momoko. E per giunta in un posto romantico come Parigi. Ancora non riuscivo a capire, però, che cosa mai ci facesse lei, a Parigi. Provai a chiederglielo, ma tergiversò e mi liquidò con uno sbrigativo: "Sai, ero giovane...".

Era una donna piena di misteri.

"Insomma: ci siamo incontrati così, poi tornati in Giappone ci siamo sposati e tutti ci guardavano con sospetto. Ma quando tuo nonno si è ammalato e Satoru si è offerto di occuparsi della libreria, abbiamo fatto del nostro meglio affinché ci rivalutassero."

"A me, in realtà, non importava affatto che mi rivalutassero," disse lo zio.

"Bugiardo. Tra te e tuo padre c'era parecchio rancore o sbaglio? Io l'avevo capito."

Lo zio si zittì. Con sua moglie non aveva speranza di spuntarla. Era la prima volta che lo vedevo così e per poco non scoppiai a ridere.

Dall'esterno sembravano una coppia in perfetta sintonia. Ero quasi invidiosa.

Più che di due coniugi, davano l'idea di una coppia di vecchi amici e trasmettevano un'energia rassicurante.

"Il lavoro mi chiama," disse a un certo punto lo zio – era evidentemente una scusa per lasciarci sole –, e scese al piano di sotto. Momoko si avvicinò a me, come se volesse confidarmi un segreto, e disse: "Dobbiamo diventare amiche, hai capito Takako-*chan*?".

Mi prese di nuovo le mani, mi guardò ancora negli occhi. Le sue mani erano piccole come quelle di un bambino.

"Sì..."

"Satoru non può averti tutta per sé. Ci sono anch'io, capito?"

"Sì."

Annuii, ma non senza un po' di preoccupazione.

Quando ormai il sole era completamente tramontato, riuscii a liberarmi della zia Momoko e a uscire dalla libreria.

Mi diressi verso la stazione passando attraverso i vicoli. L'aria fresca della sera mi fece rabbrividire. La mia ombra si allungava sulla strada nella luce dei lampioni.

Arrivata davanti al Subouru, le gambe si arrestarono in maniera quasi automatica. Come se fossi il cane di Pavlov, mi bastò vedere il neon arancione lampeggiare nella strada deserta per sentire il desiderio di un caffè. Guardai l'orologio: erano da poco passate le otto. Entrai come se una forza misteriosa mi risucchiasse.

Come sempre, il locale era affollato anche a quell'ora. Le voci dei clienti si mescolavano alla musica dolce del pianoforte e mi accolsero appena entrai.

Al bancone vidi una figura che conoscevo bene. Il torso robusto e tozzo, la testa pelata e lucida: non poteva trattarsi che del signor Sabu. Stava parlando con il proprietario. Quando si accorse di me, sventolò la mano e mi fece cenno di avvicinarmi.

"Ehi, Takako, da quanto tempo!"

Andai a sedermi accanto a lui e il proprietario mi salutò con un sorriso.

Ero convinta di aver ricambiato il sorriso, ma Sabu mi rimproverò: "Takako, potresti anche mettere su un'espressione più simpatica. Così non ti vorrà mai nessuno".

"Non deve certo dirmi lei che faccia fare," replicai secca, e Sabu rise divertito.

"Sei arrivata al momento giusto. Parlavamo proprio di questo. Pare che Momoko sia tornata a casa, è vero? Satoru non me la racconta giusta. Perché non me l'ha detto?"

Dal tono della voce si capiva che era curiosissimo.

"Smettila di ficcare il naso," gli disse il proprietario, ma Sabu replicò: "E perché, scusa? E poi ricordati che sei stato tu a dirmi che era tornata".

Sabu mise il broncio come un bambino, ma non aveva nulla di grazioso. Invece io avrei voluto incontrare Tomo, lei sì che era graziosa. Purtroppo non lavorava più al caffè: aveva finito il master e si era trovata un impiego vero. A quanto ne sapevo, lei e Takano erano ancora "amici".

Il proprietario mi servì il caffè ignorando le lamentele di Sabu. Poi, quasi in tono di scusa, disse: "Sai, ieri sera me la sono trovata qui all'improvviso".

"Quindi, voi due conoscevate già Momoko."

"Sì, proprio così. Bazzico da queste parti già da diversi anni, sai?" rispose tutto fiero Sabu.

"Davvero il signor Morisaki è sposato? Non l'avrei mai detto." Takano uscì dalla cucina con un piatto in una mano e uno strofinaccio nell'altra e si inserì anche lui nella conversazione.

"Giusto, tu non lo sapevi. In effetti, ha più l'aria di un vedovo. Eppure da giovane ci ha saputo fare con lei, vero?"

"All'epoca sì. Certo che Momoko è ancora molto bella, mi è parsa in forma. E alla fine ha detto: 'Che bello bere il tuo caffè dopo tanto tempo!'."

"Come sei ingenuo! Ti fanno due moine e sei contento. Una che è stata via per anni e si rifà viva all'improvviso non mi convince. Satoru non avrebbe dovuto riprendersela. Se mia moglie facesse una cosa del genere, gliela farei vedere io."

Mentre parlava, il signor Sabu si infervorò fino a farsi venire la faccia rossa come un polpo.

"Su, non esagerare, Sabu. Proprio tu che, quando tua moglie minaccia di disfarsi dei tuoi libri, ti metti a piagnucolare attaccato alla sua gonnella."

Io e Takano scoppiammo a ridere.

"Sta' zitto, chi ti ha chiesto niente? E tu, ragazzo, che hai da ridere? Al lavoro, forza!"

Takano si beccò un tovagliolo lanciato da Sabu e scappò in cucina.

Il proprietario gli rivolse un'occhiata di rimprovero e disse: "Non importunare i miei dipendenti, sai?".

"Siete voi che importunate me."

"Ma quello è amore, caro mio, nient'altro che amore," rispose l'altro con aria seria, tornando a parlare dello zio Satoru. "Invece quello che tu provi per tua moglie è terrore."

"Non ti ho mai potuto sopportare, credimi. Basta, adesso mi sono proprio arrabbiato. Mi dai sui nervi. Sapete che vi dico? Ci penso io a dirne quattro a Momoko al posto di Satoru. Quel buono a nulla non ne sarà mai capace."

"Calma, calma. Tra moglie e marito..." lo ammonì il proprietario, anche se era stato lui ad accendere la miccia.

Sembrava che i tipi strani si radunassero tutti in quel quartiere. Il pensiero mi suscitò un sorriso, interrotto dal signor Sabu che mi disse: "Takako, basta sogghignare. Mi fai impressione".

Subito dopo, al Subouru capitò un fatto strano.

Poco dopo le nove, mi spostai a un tavolo perché Sabu, ormai su di giri (ma anche perché la moglie doveva avergli ordinato di non fare troppo tardi), se n'era andato.

Era buio e il locale si era svuotato. Mi sedetti, chiesi un altro caffè e tirai fuori dalla borsa il tascabile che stavo leggendo. Ma qualcosa attirò la mia attenzione. Scorsi, seduto vicino alla finestra, qualcuno che mi sembrava di aver già visto da qualche parte.

Un uomo alto e magro, di un'età compresa tra i venticinque e i trent'anni. Portava una camicia verde acqua e pantaloni grigi, i capelli erano tagliati corti. Non era uno che attirava l'attenzione, ma quell'aspetto così pulito gli conferiva un'aria rassicurante. Guardava distrattamente fuori dalla finestra, come se aspettasse qualcuno, e sul tavolo aveva aperto pure lui un tascabile.

Chi era? Mentre pensavo a dove potessi averlo visto, si voltò nella mia direzione, forse accorgendosi che lo stavo guardando.

Quando mi vide fece anche lui una faccia strana. Spostò lo sguardo da me al libro che tenevo in mano e alla fine, con l'aria di chi aveva capito, mi disse: "Buonasera".

Sentendo la sua voce mi ricordai dove l'avevo visto.

Non era altri che un cliente piuttosto assiduo della libreria Morisaki. Poiché la maggior parte di loro era un po' bizzarra, tipo il signor Sabu, tendevo a dimenticare quelli riservati come lui. Ecco perché non l'avevo riconosciuto subito. Imbarazzata per averlo fissato così a lungo, mi affrettai a ricambiare il saluto.

Feci un cenno con il capo come per scusarmi e aggiunsi: "Da quanto tempo".

"Ma no, non deve scusarsi," rispose lui con un sorriso. Un sorriso simpatico, che mi trasmise un senso di fiducia.

Proprio in quel momento arrivò la cameriera e mi portò il caffè. Ritrovandosi nel mezzo tra me e lui, sembrava incerta sul da farsi. Per qualche motivo, cominciai a sentirmi confusa anch'io.

Resosi conto della situazione, l'uomo mi invitò gentilmente a sedermi con lui: "Se le va può unirsi a me".

Risposi, un po' spiazzata: "Ma non sta aspettando qualcuno?".

"No, nessuno in particolare."

La cameriera parve tranquillizzarsi e, tornando a sorridere, mi disse: "Prego, allora", e posò il caffè sul tavolo dell'uomo.

A quel punto non mi restava che spostarmi, e andai a sedermi di fronte a lui.

In situazioni del genere tendo sempre a farmi trascinare. Lui mi aveva invitato a sedermi soltanto per gentilezza, ero abbastanza sicura che non avesse particolare desiderio di parlare con me. Anzi, forse non vedeva l'ora di godersi quelle ore da solo e io avevo rovinato tutto. Non potei fare a meno di sentirmi in colpa.

La cameriera aspettò che mi sedessi, poi disse: "Prego, faccia con calma" e se ne andò con un inchino. La guardammo allontanarsi e ci ritrovammo uno di fronte all'altra.

Silenzio.

Mi sentivo a disagio. Un disagio che fu interrotto da una sua risatina. Lo guardai stupita e lui mi disse: "Scusi, è che mi sembra uno di quegli appuntamenti al buio che si fanno per combinare i matrimoni". Per qualche motivo, la sua risata mi contagiò.

Non ci eravamo neanche salutati come si deve. Fece un colpo di tosse e mi disse di chiamarsi Wada, Wada Akira, e di essere impiegato presso una casa editrice poco distante che pubblicava soprattutto manuali e testi scolastici.

Quando gli dissi il mio nome, annuì più volte e sorridendo aggiunse: "Ma certo, Takako. Mi ricordo che quel simpatico libraio continuava a chiamarla a gran voce: 'Takako-*chan*! Takako-*chan*!'".

Con le guance in fiamme mormorai: "Quello è mio zio".

"Ah sì? Beata lei che ha un libraio in famiglia." Wada sembrava sincero. "E non sta più lì con lui?"

"No. Per un periodo mi ha ospitato. Mi erano capitate certe cose e avevo bisogno di ricaricare le batterie."

"Ricaricare le batterie? In libreria?"

"Esatto."

"È un bel modo di ricaricare le batterie. Non è da tutti avere a disposizione un'intera libreria. Beata lei, davvero."

E continuò a ripetere che al posto mio non se ne sarebbe mai andato, anzi, sarebbe rimasto per sempre lì sotto carica.

Evidentemente, l'idea di abitare in una libreria l'aveva infervorato. All'inizio non mi era parso un tipo capace di simili entusiasmi.

"La sua fidanzata sta bene? Venivate spesso insieme, se ricordo correttamente."

In realtà Wada veniva quasi sempre da solo, ma qualche volta aveva portato con sé una donna. Formavano una bella coppia, lui così alto e anche lei piuttosto slanciata. Non sembrava molto interessata ai libri, e mentre Wada si perdeva in mezzo a tutti quei volumi lei gli stava accanto con aria annoiata. Dopo un po' si stancava di aspettare e in tono lamentoso gli chiedeva se ne avesse ancora per molto, allora lui cominciava a scusarsi: "Perdonami, soltanto un altro pochino di pazienza!". Sabu avrebbe detto che "una coppia in libreria è fuori da ogni logica", ma a me quelle scenette trasmettevano una sensazione di intimità e mi facevano sorridere.

"Oh. È vero, è capitato," rispose Wada abbassando la voce. "Alla fine mi ha lasciato, o così pare," aggiunse, facendosi scappare una risatina. Poi sembrò mettersi a pensare ad altro.

"Mi scusi!" esclamai, pentita per la mia indiscrezione.

"Ma no, si figuri, non c'è proprio niente di cui scusarsi," mi rassicurò, anche se sembrava ancora pensieroso.

Ero dispiaciuta per aver toccato un tasto dolente con qualcuno che conoscevo appena. Mentre cercavo disperatamente di cambiare argomento, mi saltò all'occhio il libro che teneva sul tavolo.

"Che cosa sta leggendo?"

"Questo? Si intitola *Sulla collina*. Penso di averlo trovato alla libreria Morisaki, nel settore dei tascabili a cento yen..."

Sollevò il libro dal tavolo per mostrarmelo. Ero contenta di essere riuscita a deviare la conversazione.

"Mai sentito. È bello?"

"Be'... È un classico romanzo sugli amori infelici il cui autore è finito nel dimenticatoio. Leggendolo ho l'impressione che lo stile sia acerbo e che in generale presenti molte lacune. Ma per qualche motivo mi prende, ed è la quinta volta che lo leggo."

Parlando fissava l'illustrazione di copertina, una strada in salita dipinta a olio. Percepii nel suo sguardo qualcosa di dolce, di delicato, e venne voglia anche a me di leggere quel libro.

"Addirittura cinque volte? Forse lo dovrei leggere anch'io."

"Mah, non credo che glielo consiglierei. Lei invece cosa stava leggendo, Takako?"

Estrassi il libro dalla borsa e quando lo vide gli brillarono gli occhi: "Oh, ma è Inagaki Taruho! Che meraviglia".

Un cliente così assiduo della Morisaki non poteva che essere un lettore appassionato, molto più di me.

"Anche se ho lavorato in libreria non sono molto esperta, anzi non lo sono per niente. Mi sento una specie di novellina."

Ma Wada fece un cenno di disapprovazione.

"Non si tratta di essere esperti o novellini. Se la mette in questi termini, allora neanche io ne so poi tanto. L'importante è imbattersi in un libro e trarne delle emozioni."

"Forse ha ragione. Anche mio zio una volta mi ha detto qualcosa del genere."

"Se ne stava sempre seduta al bancone a leggere, sbaglio? Non ha idea di quanto fossi curioso, mi chiedevo che cosa mai stesse leggendo."

"Davvero? Mi dispiace, non ero il massimo come libraia."

"Ma no, non intendevo dire questo."

Wada mi guardò come se si fosse appena ricordato di qualcosa.

"Era così in sintonia con quell'ambiente che veniva voglia di fare piano per non disturbarla, perché non dovesse muovere nemmeno un muscolo. Un po' come quando si trattiene il fiato davanti a una crisalide che sta per trasformarsi in farfalla... Mi è rimasta impressa, sa? Ecco perché poco fa, quando l'ho vista leggere, mi sono ricordato subito di lei. Ah, è quella della libreria, ho pensato."

L'idea che uno sconosciuto potesse vedermi in quel modo mi provocò un terribile imbarazzo. Ma in effetti all'epoca ero davvero una crisalide che aspettava di diventare farfalla. Voltavo pagina in attesa del momento giusto per spiccare il volo. Insomma, Wada non si era sbagliato. Anche se non ero ancora sicura della tenuta delle mie ali.

"Penso che se non fossi finita in quella libreria adesso starei vivendo ancora una vita a metà. Qltre ai libri, quel posto mi ha fatto conoscere tante persone, mi ha insegnato tante cose che mi hanno aperto gli occhi su ciò che conta davvero... Ecco perché il ricordo dei giorni trascorsi lì resterà per sempre dentro di me."

Le parole mi uscirono dalla bocca con naturalezza, nonostante non avessi mai parlato con quell'uomo prima di allora.

Wada mi ascoltava educatamente e annuiva mostrandosi interessato. "Davanti ai miei occhi stava succedendo una cosa tanto importante e io non me n'ero nemmeno accorto," disse con aria seria, anche se per qualche motivo a me sembrò buffo.

A volte si verificano eventi inspiegabili. Sarei potuta rimanere a parlare con lui per ore, neppure fosse un amico di vecchia data. Wada mi ascoltava attentamente, poi se ne usciva con qualche battuta che mi faceva ridere all'istante.

Andammo avanti a chiacchierare per un bel po'. Guardai l'orologio alla parete e mi resi conto che erano quasi le undici. "Oh, ma tra poco chiuderanno!" esclamai, cogliendo di sorpresa anche Wada.

Poiché casa sua era in zona, decise di restare fino alla chiusura, mentre io mi avviai per prima.

Al momento di salutarci fece un sorriso e disse: "Da qualche tempo vengo qui quasi tutte le sere. Se le va, potremmo rivederci".

Mentre ero alla cassa, vidi il proprietario del locale che ridacchiava dietro il bancone. Avevo intuìto perché rideva e gli lanciai un'occhiataccia, ma lui finse di avere del lavoro da sbrigare sul retro.

Una volta fuori, scorsi Wada dietro la finestra, il mento appoggiato su una mano, che guardava la strada. Pensando che mi vedesse accennai un inchino, ma non si accorse affatto di me. Girai i tacchi e mi avviai verso la stazione. Mi sembrava di camminare a un metro da terra, ero come più leggera.

"Che strano," dissi, senza accorgermene, a voce alta.

Alzai gli occhi e vidi la luna sospesa nel cielo, una luna quasi piena. Mancava solo uno spicchio sulla sinistra.

"Facciamo un viaggio insieme."

Erano passate circa due settimane dal nostro incontro alla libreria Morisaki, quando la zia Momoko se ne uscì di punto in bianco con questa proposta.

"Conosco un bel posto a Okutama," aggiunse con gli occhi che le brillavano.

Feci sì con la testa, anche se ero un po' interdetta.

"C'è una grande montagna sulla cui vetta si trova un santuario storico. Si gode di una vista fantastica, l'aria è pulita, una meraviglia. Possiamo fermarci a dormire in una di quelle belle pensioni e prendercela comoda. Un bel viaggetto tra donne, che te ne pare?"

Immaginai quel viaggio noi due sole e cominciai a preoccuparmi. Mi sentivo completamente in balìa di Momoko. Lei però mi strinse le mani e mi fissò con l'aria di chi non avrebbe accettato altra risposta se non "vengo".

Durante quelle due settimane, da quando ci eravamo rincontrate, mi ero fatta vedere piuttosto spesso. Naturalmente era stato lo zio a chiedermelo, per controllare cosa combinava la moglie. Passavo la sera dopo il lavoro, quindi lo incrociavo di frequente e poi salivo da lei, che era sempre felicissima di accogliermi e mi imbandiva dei manicaretti deliziosi. Preparava di tutto in quel cucinino che io avevo sempre trovato troppo piccolo. Alghe stufate, carne con il *tōfu*, sauri marinati, zuppa di polpo e *daikon*, costardella grigliata, zuppa di *miso* con foglie di *daikon* e rapa in pastella. Mi mancava moltissimo la cucina casalinga, e in effetti il motivo principale per cui continuavo a farle visita era proprio quello. La chiamavo durante la pausa pranzo e lei, come una mogliettina amorevole, mi domandava: "Cosa ti preparo per cena?". E io le facevo le mie richieste.

Da un certo momento in poi cominciai a insistere affinché dividessimo le spese e lei accettò di farmi pagare la metà di quello che spendeva per gli ingredienti. Prendeva nota di ciò che volevo mangiare e rispondeva: "Sarà fatto!".

Ogni volta che mi trovavo di fronte al tavolino pieno di cibo, non potevo fare a meno di dirle quanto mi piacesse ogni singolo piatto che preparava.

"Sei una che apprezza la buona cucina, eh, Takako?" diceva la zia Momoko, anche se in realtà mangiava il doppio di me. Non riuscivo a spiegarmi come potesse una donna tanto minuta consumare simili quantità di cibo.

"Che ci posso fare? Mi piace," risposi una volta facendo scrocchiare il *takuan* sotto i denti.

"Tu non cucini?"

"Qualche volta sì, ma il più delle volte ripiego sulla pasta. Piatti così non ne preparo quasi mai."

"Se ti metti con qualcuno sarà un problema, allora."

"Dici?"

Effettivamente non avevo mai preparato da mangiare per un uomo. Era una cosa che mi imbarazzava e fino ad allora avevo fatto di tutto pur di evitarlo. Ma era l'esperienza con gli uomini in generale che mi mancava.

"Gli uomini sono creature semplici, sai? Con la cucina puoi conquistarne quanti ne vuoi," disse Momoko ridendo.

Aggiunse che se volevo mi avrebbe insegnato, ma io per le

relazioni con l'altro sesso ero davvero negata. Per il momento ero stata io a farmi conquistare dalla sua cucina.

Naturalmente non mi ero dimenticata del favore chiestomi dallo zio, e di tanto in tanto cercavo di carpire qualcosa. Ma la zia Momoko riusciva sempre a fregarmi. Se pure le facevo domande dirette, mi sfuggiva come un'anguilla con risposte del tipo: "Mah, chissà...".

Trattandosi di una persona che non restava certo a corto di argomenti, in un modo o nell'altro finiva sempre per deviare la conversazione. E poi, quando mi metteva davanti del cibo, dimenticavo tutto il resto. Andava ogni volta a finire così e io non scoprivo niente di nuovo.

Qualcosina, però, ero riuscita a carpirla (Momoko tendeva a straparlare quando era brilla, quindi di tanto in tanto la facevo bere). Era rimasta orfana da piccola di entrambi i genitori, l'avevano cresciuta degli zii a Niigata, subito dopo le medie aveva iniziato a lavorare in una piccola fabbrica e a ventun anni era venuta a Tōkyō per conto proprio, si era innamorata di un cameraman di belle speranze (su questo punto mi venne spontaneo chiederle se dicesse sul serio) e poco altro. Era andata a Parigi proprio per seguire lui, che si era dovuto trasferire per lavoro. E ci era andata senza dirgli niente, per giunta: bisogna ammettere che ne aveva, di fegato.

"Cosa vuoi che ti dica, ero giovane. Una ragazzina ignara di tutto... Per me esisteva solo lui. In seguito, però, scoprii che aveva moglie e figli qui in Giappone. E così è finita. Non avrei mai potuto costruirmi la famiglia dei miei sogni a scapito di un'altra..."

Era stato allora che Momoko, devastata dalla fine di quell'amore, aveva incontrato per caso lo zio Satoru. All'inizio si sentiva responsabile per lui, aveva cominciato a prendersene cura. Alla fine si era accorta di amarlo.

"Non ne sapevo niente," risposi, sinceramente sorpresa da come era andata tra di loro.

Lei si strinse nelle spalle e disse: "Satoru è geloso del mio passato. Ecco perché evito di parlarne".

Mi fu chiaro all'istante che aveva capito benissimo il motivo delle mie visite.

Una sera, quando le nostre cene erano ormai diventate una consuetudine, la zia stava sorseggiando del *sakè* e, con un risolino, mi domandò: "Takako-*chan*, è stato Satoru a chiederti di venire da me, non è vero?".

"Cosa? Che vuoi dire?" Misi su un teatrino piuttosto malriuscito nel tentativo di nascondere quanto fossi a disagio. Ma fu del tutto inutile. Con un'espressione incredibilmente soddisfatta, Momoko mi pizzicò una guancia.

"So bene come ragiona, quello lì. E tu, Takako, non hai esattamente un debole per me, o sbaglio?"

Sentivo la guancia che mi tirava e avevo il batticuore. Aveva capito tutto. Era vero che, in fondo, non mi sentivo completamente a mio agio con lei. Non mi era antipatica, ma se qualcuno mi avesse chiesto se mi era simpatica mi sarei trovata in difficoltà. Di certo, avrei potuto dire che amavo la sua cucina.

Era vero che qualcosa di lei mi sfuggiva. Anche dello zio Satoru mi sfuggivano delle cose, ma con Momoko era diverso, perché nonostante le lunghe ore trascorse insieme era come se la distanza tra noi non si riducesse mai. Certe volte mi sembrava che ci parlassimo dalle due rive di un fiume e che qualsiasi tentativo di avvicinamento fosse inutile.

Mentre cercavo disperatamente una risposta, la zia si lasciò andare a una fragorosa risata e disse: "Ma sì, non importa. Tu mi piaci tanto. Trovo deliziosa la tua sincerità, l'incapacità di mentire. Piacerebbe anche a me avere un'anima pura come la tua".

"La mia anima non è affatto pura." Mi sentivo presa in giro e quindi tagliai corto. Ma Momoko mi assicurò che era vero e la sua voce, chissà perché, mi sembrò un po' più triste.

"Io non faccio altro che mentire, invece." E abbassò lo sguardo.

Fu una frazione di secondo, ma la malinconia del suo viso non mi sfuggì. Per la prima volta ebbi l'impressione di aver suscitato qualcosa in lei. Ma durò un attimo, non di più.

Subito dopo cambiò espressione e, tornata quella di sempre, deviò di nuovo il discorso.

"Allora, lo facciamo questo viaggio? Non è ancora il tempo dei *momiji*, ma proprio per questo in giro c'è meno gente e potremo prendercela comoda. Col lavoro come sei messa?" Mi incalzava con le sue domande.

"Non male, l'agenzia è abbastanza flessibile..."

"Allora andiamo?"

"Be', ecco..."

Inizialmente avevo pensato di rifiutare, ma mi ricordai della sua espressione malinconica e non me la sentii, quindi accettai.

In quel momento provai qualcosa, anche se non saprei spiegare cosa. Non fu un'emozione vera e propria, niente di così definito. Una specie di segnale difficile da interpretare ma che dovevo cogliere.

Prima che venisse fuori il discorso del viaggio, Wada e io ci eravamo rivisti due volte al Subouru. Tutt'e due le volte mi ero affacciata di ritorno dalla libreria e lui era ancora lì. Quindi era vero che ci veniva spesso. Era seduto allo stesso tavolo della prima volta, e come allora guardava fuori dalla finestra con il mento appoggiato su una mano.

Non capivo bene neanch'io se avessi voglia di vederlo o no. Non è che ci andassi sperando di incontrarlo. Ma quando, entrando, vedevo la sua sagoma di spalle, dentro di me pensavo: "Eccolo". Ogni volta che lo salutavo sussultava, come se lo avessi svegliato da un sogno. Poi, dopo avermi fissato per una manciata di secondi, con l'aria di volersi accertare di qualcosa, rispondeva al mio saluto.

Mi invitava a unirsi a lui e cominciavamo a chiacchierare. Parlavamo del più e del meno, ma mi faceva stare bene. Una volta uscimmo prima della chiusura e andammo a passeggiare nei pressi del Palazzo Imperiale.

"Alla prossima, allora."

"Ciao, alla prossima."

Non essendoci scambiati i numeri telefonici, non potevamo essere certi di rivederci, eppure ci salutavamo sempre così.

La terza volta non lo trovai. Non ero lì apposta per incontrarlo, tuttavia mi sentii un po' delusa, ci rimasi male. Mi dissi però che sarebbe stato più strano trovarlo sempre lì.

Quella sera mi sedetti al bancone e chiesi di lui al proprietario che, avendoci visti parlare, capì immediatamente a chi mi riferivo.

"Quel ragazzo un po' sulle sue, giusto? Da un po' di tempo si presenta qui tutte le sere. Non ricordo se venisse anche prima."

"Non è sulle sue, è solo riservato," lo corressi io.

"Scusa, allora. Rimane sempre per diverse ore."

"Non viene per vedere te, Takako?" domandò spudoratamente Takano, che era lì vicino. "A guardarvi da qui, sembrate proprio una bella coppia."

Lo fissai a bocca aperta, poi mi affrettai a negare.

"Ma che dici!"

"Ehi, non te la prendere!"

"E tu fatti gli affaracci tuoi!" lo rimproverò il proprietario.

"Scusa," mormorò Takano, e se ne andò.

Mentre portavo alle labbra la mia tazza di caffè, ripensai alle parole di Takano e mi dissi che erano proprio sciocchezze.

E se invece ci avesse visto giusto?

Wada era un uomo piacevole. Simpatico, educato, divertente. Senza contare che era un grandissimo lettore. Non si vantava né rideva in modo sguaiato. Sicuramente piaceva molto alle donne.

E io, invece?

Mi accorsi che il proprietario mi stava fissando.

Protestai. "Dovresti toglierti il vizio di fissare la gente. Rischi di renderti antipatico, soprattutto alle donne."

Lui si mise a ridere e sparì in cucina come aveva fatto Takano.

Mi era passata la voglia di riflettere, così decisi di leggere il libro di cui mi aveva parlato Wada, *Sulla collina*.

L'avevo trovato per caso su uno scaffale della libreria una volta che ero andata a far visita a Momoko. Quando mi aveva visto sfogliarlo, lo zio aveva detto: "Guarda che non è un granché", ma io gli avevo risposto che non m'importava, gli avevo messo in mano cento yen e lo avevo preso lo stesso.

Erano appena duecento pagine, che lessi d'un fiato la sera stessa, in parte al Subouru e in parte a casa, prima di addormentarmi. Il racconto di un amore finito male, proprio come aveva detto Wada.

Tōkyō, gli anni della ricostruzione post-bellica. Il protagonista, uno scrittore squattrinato di nome Iida Matsugorō, conosce Ukiyo, la cameriera di un caffè lungo una strada in salita, e si innamora di lei a prima vista. All'inizio lei non lo nota neppure, ma a poco a poco, vedendolo tutti i giorni al caffè, intuisce i suoi sentimenti e se ne innamora a propria volta. Le cose tra loro sembrano andare bene quando Ukiyo, per pagare un debito contratto dal padre, si ritrova costretta a fidanzarsi ufficialmente con il figlio di un ricco imprenditore. Matsugorō, privo com'è di qualsiasi prospettiva, non può fare niente per impedirlo.

Preso dallo sconforto e in completa solitudine, si rifugia allora nella scrittura, con la sola speranza di farsi un nome grazie ai suoi romanzi e di potere quindi riconquistare Ukiyo. A poco più di trent'anni, Matsugorō ottiene finalmente il successo a lungo inseguito, ma subito dopo viene a sapere che Ukiyo ha contratto una malattia molto contagiosa ed è morta.

Da quel momento in poi, si dà all'alcol, alle donne e alle droghe. Questa vita sregolata mette a repentaglio la sua salute, ma lui non riesce a dimenticare Ukiyo e continua a presentarsi ogni giorno al caffè dove si erano incontrati per la prima volta. Finché una sera d'inverno, proprio tornando dal caffè, tossisce sangue e perde i sensi. L'ultima immagine che vede è quella di Ukiyo...

La storia di questo amore triste e tenace mi colpì, e a fine lettura ero profondamente commossa. Le lacrime cadevano sulle pagine lasciandovi grosse chiazze.

Sotto il *futon* mi addormentai pensando che Wada doveva essere proprio un tipo romantico.

Quella notte sognai di essere la proprietaria del caffè del romanzo, che afferrava Ukiyo per una spalla e la convinceva a restare con Matsugorō.

"Perché fate un viaggio insieme?"

La sera prima della partenza, ricevetti una telefonata dallo zio mentre ero da sola in ufficio. Disse che Momoko gli aveva parlato del nostro viaggio. Aggiunse che sì, mi aveva chiesto di indagare, ma non era necessario arrivare a tanto.

"Stavamo parlando e, senza nemmeno accorgercene, ci siamo ritrovate a pianificare questo viaggio." Restai volutamente sul vago, non potendo spiegargli tutto per filo e per segno.

"Conosco Momoko, avrà fatto tutto lei," replicò seccato.

"Ma no, ti dico di no."

"Sei sicura?"

"Sì. Anzi, ti porterò anche un regalino, visto che sei così in pena per me."

A quel punto lo zio desistette: "Se va bene per te, allora va bene anche per me. Volevo chiederti anche un'altra cosa: il signor Sabu continua a venire in libreria dicendo che vuole incontrare Momoko. Mi spieghi che succede?".

Mi ricordai del siparietto al Subouru e scoppiai a ridere.

"Niente, pare che voglia dirgliene quattro!"

"Cosa?" fece lo zio, sorpreso. "Momoko lo metterebbe al suo posto in men che non si dica, facendolo scappare a gambe levate. Con i tipi come Sabu è capace di dare il meglio di sé, quella lì."

"Eh, sì, è proprio così che andrebbe a finire." Non facevo fatica a immaginare la scena.

"Già, ci metto la mano sul fuoco. Comunque Sabu viene sempre nella tarda mattinata, quando lei esce, e quindi non si incontrano mai. E lui si arrabbia."

"Mah."

"Mi chiede dov'è, ma io non gli rispondo."

"Be', non è certo una bambina. Può andare dove vuole, tanto alla fine ritorna."

"Sì, questo sì, però... In ogni caso, non sentirti obbligata a partire con lei se non ne hai voglia. Proprio non mi spiego perché ti abbia invitato..." brontolò ancora tra sé prima di riagganciare.

Quella sera, dopo il lavoro, decisi di fare una visitina al Subouru.

Erano già le nove passate e non mi andava di tornare subito a casa. Al mio arrivo il locale era ancora pieno e al tavolo vicino alla finestra dove era solito sedersi Wada stavolta c'erano due ragazze.

Trovai un tavolo libero e mi misi a leggere *Amicizia*, il romanzo di Mushanokōji Saneatsu che avevo comprato con l'idea di portarmelo in viaggio. Solo che proprio non riuscivo a concentrarmi. Senza neanche volerlo, ogni volta che entrava qualcuno guardavo in direzione della porta per vedere se fosse Wada.

Una ventina di pagine dopo, Wada arrivò per davvero. Lo salutai subito e lui venne a sedersi vicino a me. Vedendolo avvicinarsi, mi fece una strana impressione. Era come se avesse perso un po' di smalto.

Aspettai che si sedesse e gli domandai: "Stai lavorando molto?".

"Al contrario, non ho un granché da fare," rispose, ma dal viso si capiva che era stanco.

Restammo in silenzio. Normalmente il silenzio non mi mette a disagio, ma quella volta mi sembrò quasi insopportabile. Ripensai alle parole di Takano e la voglia di parlare mi passò del tutto, finché non mi venne un'idea e con un gran sorriso gli dissi: "A proposito, ho letto *Sulla collina*".

Wada non mostrò particolare interesse e si limitò a mormorare un "ah, davvero?".

Ero convinta che mi avrebbe ascoltato volentieri, quindi ci rimasi un po' male.

"È una storia trita e ritrita, non ti pare?" disse con un filo di sarcasmo nella voce.

"Tutt'altro. Mi è piaciuta molto."

"Ma l'idea che si possa aspettare una persona per tutta la vita non ha niente di realistico."

"Sì, su questo forse hai ragione."

"Almeno per me. O, per essere più preciso, 'è una cosa un po' inquietante'."

"Come?" replicai, non capendo cosa volesse dire.

Ma Wada continuò.

"Al nostro primo appuntamento l'ho portata qui. Questo posto piaceva anche a lei. E ci siamo tornati spesso, dopo. Perciò le ho detto che l'avrei aspettata qui. 'Se cambi idea mi trovi qui, le ho detto.' Finché l'altro ieri non mi ha mandato una mail: 'È una cosa un po' inquietante, perché non la smetti?' mi ha scritto."

Finalmente capii. Ma perché? Avrebbe potuto dirmelo prima. Non che dovesse parlarmene per forza.

La stava aspettando, era la bella ragazza che lo accompagnava anche in libreria. Proprio come Matsugorō che aspettava Ukiyo. Ecco perché si era appassionato tanto a quel romanzo e continuava a rileggerlo.

Adesso era tutto chiaro. Lo ripetei a me stessa più volte. Non ero triste, perché in cuor mio sapevo che Wada non nutriva quel tipo di interesse nei miei confronti. Però mi sentii stupida per aver fatto tanti castelli in aria.

C'erano forse stati discorsi che lasciavano presagire qualcosa di più, da parte sua? Segnali di desiderio o di un coinvolgimento romantico? No. Wada mi ascoltava con gentilezza e io me ne approfittavo, e alla fine ero sempre e solo io a parlargli di me, una cosa che mi faceva stare bene. Quando me ne resi conto mi sentii un po' in colpa.

"Scusami, sono noioso," disse Wada vedendomi a capo chino.

Scossi la testa energicamente. "Ma no, scusa tu piuttosto."

"E perché mai dovresti essere tu a chiedermi scusa?" ribatté lui sorpreso.

"Per nessun motivo in particolare."

"Uhm...?"

Avrei voluto porgergli delle scuse molto più articolate, ma mi trattenni per evitare che mi scambiasse per una psicopatica. Dovevo cambiare argomento. Questo almeno mi diceva la mia parte razionale, perché in realtà avrei voluto fargli molte domande sulla sua situazione.

"Quindi, di quella ragazza... eri proprio innamorato, eh?" dissi, ma soltanto per pentirmene una frazione di secondo dopo.

Wada fece un risolino. "Sai, io posso essere molto infantile e la gente a lungo andare si stufa. Una cosa, però, l'ho capita. Lei e io siamo sempre stati troppo diversi. Non poteva proprio funzionare. Solo che io mi ero impuntato. È vero che mi piaceva, ma non era la donna giusta e avrei dovuto accettarlo, invece non ci sono riuscito. Mi sono sempre ritenuto una persona lucida, razionale, ma ho capito che una parte di me può farsi trascinare dalle emozioni: non me lo sarei mai aspettato."

Poteva anche risparmiarsi tutta questa autoanalisi. In effetti era un tipo strano.

"Be'... Per me tu sei un'ottima persona, Wada," gli dissi nel tentativo di confortarlo. Cercai parole migliori, ma non le trovai. In compenso erano sincere. Wada era veramente un'ottima persona.

"Grazie. Hai ragione, sono una brava persona. Non ne dubito. Il problema è che mi sono sentito dire: 'Sei un'ottima persona ma non sei interessante'." Si mise a ridere.

Leggermente irritata per la mancanza di tatto della ragazza, risposi: "E non ti pare un po' eccessivo, questo?". Evidentemente non era riuscita a vedere gli aspetti migliori del carattere di Wada.

"Sì, certo, ne sono consapevole. Dentro di me ho pensato che fosse una che sa cosa dire se vuol ferire. Ma adesso basta con questo discorso, chi se ne importa?"

Così dicendo, mi versò dell'acqua e mi chiese come me la passassi. Io però mi sentivo un po' sotto tono e non avevo più molta voglia di parlare.

Mi sforzai di chiacchierare del più e del meno, poi mi inventai una scusa e feci per andarmene. "Non volermene, ma domani devo alzarmi presto."

"Sì, certo, capisco..." Wada però sembrava un po' sorpreso.

"Te ne vai già, Takako?" mi domandò il proprietario vedendomi puntare verso l'uscita.

"Sì," risposi, e quasi corsi fuori.

Dovevo avere un aspetto orribile, di certo il proprietario aveva capito tutto. Meglio non farsi vedere al caffè per un po'.

Camminando il mio umore peggiorò ulteriormente e tirai almeno trenta sospiri.

Fu mentre ero in metropolitana che mi resi conto di aver dimenticato sul tavolo il libro che stavo leggendo.

La zia Momoko e io avevamo appuntamento alla stazione di Shinjuku alle dieci.

Il cielo era nuvoloso, ma le previsioni meteorologiche alla tv avevano detto che nel pomeriggio si sarebbe rischiarato. Uscii di casa decisa a non lasciarmi abbattere dal malumore della sera precedente, visto che per quel viaggio avevo chiesto persino dei giorni di ferie.

Momoko comparve davanti all'affollatissima uscita sud della stazione di Shinjuku con un equipaggiamento talmente leggero che nessuno avrebbe pensato che stesse andando in vacanza. Aveva solo uno zaino minuscolo. I capelli erano raccolti in una coda di cavallo e portava una tuta nera e un giubbotto verde. Dato che non era molto alta, a guardarla da lontano la si sarebbe potuta scambiare per una bambina in partenza per una gita.

"Ma guarda, non sembra proprio che tu stia andando in montagna!" esclamò aggrottando le sopracciglia non appena mi vide.

Visto che era il primo viaggio dopo tanto tempo, avevo indossato un abitino appena comprato con i saldi.

"Però ho messo le scarpe da ginnastica," sottolineai. "E nel borsone ho tutta l'attrezzatura necessaria per la montagna."

"Ma non avrai bisogno di tutta quella roba."

Ammutolii. Forse mi ero lasciata prendere la mano.

La zia se ne accorse e aggiunse: "Mah, voi giovani vi portate sempre dietro un sacco di roba quando si deve andare da qualche parte".

"Invece invecchiando se ne porta di meno?" replicai.

Ma Momoko tagliò corto e disse che non dovevo restarci male – per lei troppi bagagli erano una seccatura, tutto lì. In effetti non le si poteva dare torto.

Raddrizzò le spalle e poi, con un inchino un po' teatrale, disse: "Comunque sia, in questi tre giorni cerchiamo di divertirci".

"Sì, certo," risposi inchinandomi anch'io.

Da Shinjuku prendemmo la linea Chūō fino a Tachikawa, dove cambiammo per la Ōme. Vivevo a Tōkyō già da cinque anni, ma non avevo mai percorso quel tratto. Il treno della linea Ōme era semivuoto. Di fronte a me era seduto un liceale assonnato con l'aria da ragazzaccio e un'espressione scontrosa, che continuava a muovere nervosamente le ginocchia. Sembrava avercela con il mondo intero.

Momoko si sedette, intonò un motivetto e si mise a guardare fuori dal finestrino. Invece io, che la sera prima non avevo chiuso occhio, presa com'ero da mille pensieri, mi addormentai come un sasso.

Quando riaprii gli occhi, il liceale arrabbiato non c'era più. Forse era andato a scuola, sempre controvoglia. Oltre il finestrino, le nubi si erano dissipate e il cielo era una distesa azzurra. Le case ormai erano rare e tra i campi cominciavano a vedersi, sempre più imponenti, le montagne.

"Caspita!" esclamai stropicciandomi gli occhi, ma Momoko sorrise compiaciuta e disse: "Non è ancora niente, vedrai".

Scendemmo dal treno nella piccola stazione di Mitake. Di fronte a me le montagne si stagliavano contro il cielo azzurro, e al centro ne svettava una davvero gigantesca. Era coperta di vegetazione ancora verde, il tempo dei *momiji* era ancora lontano. Lì in cima c'era il nostro alloggio.

"Ci siamo allontanate di un niente dal centro di Tōkyō, eppure sembra un altro mondo," mormorai osservando il paesaggio intorno a me.

Respirai profondamente e sentii i polmoni riempirsi di quell'aria fresca e pulita. Non riuscivo a credere che tanto vicino alla città potessero ancora esserci luoghi così ricchi di natura.

"Se ci pensi, è solo nell'arco di pochi decenni che la città è diventata tutta cemento."

La frase della zia Momoko mi fece tornare in mente il romanzo *Musashino*, di Kunikida Doppo. Ai suoi tempi, nell'epoca Meiji, la zona di Musashino era ancora dominata da una natura impenetrabile. Era incredibile quanto velocemente scorresse il tempo.

Ci spostammo verso una minuscola fermata dell'autobus alla ricerca di un mezzo che percorresse la Statale e si inerpicasse sulla montagna fino alla stazione della funivia. Quando arrivammo c'erano già alcuni turisti seduti ad aspettare. Erano due gruppi di persone di mezza età che avevano fatto con noi anche il viaggio in treno, chissà perché viaggiavano insieme.

Con un cenno del capo ci sedemmo pure noi, e la più anziana del gruppo sorrise e ci domandò: "Una vacanza madre e figlia?".

Momoko rispose: "Sì!", e ricambiò il sorriso.

Avrei voluto correggerla, ma in realtà non mi andava di mettermi a dare spiegazioni e quindi mi limitai ad annuire.

Salite sull'autobus, fummo avvicinate da tre bambini delle elementari che si misero subito a chiacchierare con noi. Avevano l'aria di essere abituati ai turisti e per niente intimoriti. Momoko sembrava amare i bambini, e infatti li assecondava volentieri, rispondendo alle loro domande tutta sorridente.

"In che classe andate?" chiese, e quelli all'unisono: "In prima!". Tutti e tre avevano i genitori che gestivano pensioni in montagna, quindi per andare a scuola dovevano scendere ogni giorno a valle.

Quando dissi loro "sarà una faticaccia!", mi risposero con un "mah" e un tono da adulti che sottolineava quanto per loro fosse naturale – probabilmente se lo sentivano dire spesso dai turisti.

"Eccoci arrivati!"

Guidate dai bambini, scendemmo dall'autobus e ci incamminammo lungo la salita che portava alla stazione della funivia. Loro correvano e io, in fondo alla fila, facevo un po' fatica a stargli dietro.

Momoko si voltò e mi disse: "Su, Takako! La funivia scende e risale subito, non puoi stancarti proprio adesso".

I bambini si sbellicavano dalle risate e cominciarono a prendermi in giro all'unisono: "Non va bene così, signorina! Voi di città siete tutti uguali!".

"Guardate che io vengo da una provincia sperduta del Kyūshū," provai ad argomentare, ma ormai non mi ascoltava più nessuno, erano tutti corsi avanti. Come faceva la zia Momoko ad avere tante energie? Eppure tra noi c'era una tale differenza d'età che ci scambiavano per madre e figlia. Mi pentii di non aver portato un bagaglio più leggero.

Quando giunsi davanti alla cabina della funivia, la zia mi porse una bottiglia di tè che mi aveva comprato al chiosco dei souvenir proprio lì vicino. La accettai ben volentieri e la bevvi d'un fiato.

La cabina si arrampicò sulla montagna risalendo il fiume fino alla sorgente, e in breve tempo arrivammo a fine corsa. Salutammo i bambini con la mano e ci rimettemmo in cammino. Ora che eravamo a quasi mille metri di altitudine, mi sembrava impossibile che fino a un'ora e mezzo prima fossimo ancora a valle.

Lungo il sentiero che portava in vetta vedemmo un gran numero di cartelli e indicazioni per le varie pensioni. La nostra era la più lontana, e Momoko mi disse come se niente fosse che ci sarebbero voluti quaranta minuti.

"Cosa?!?" esclamai disperata.

Lei mi pizzicò una guancia: "Ma vedrai che panorama!".

"Davvero?" feci io quasi gridando, e Momoko rispose, calma: "Sì, sì".

La proprietaria ci condusse nella nostra stanza. Erano appena passate le due ed eravamo le prime ospiti della giornata.

L'interno dell'edificio era caotico e pieno zeppo di oggetti, proprio come l'esterno. Su un lato del corridoio erano appoggiati una vecchia vasca da bagno vuota, una montagna di riviste, un vecchio televisore e una chitarra acustica, mentre sbirciando in cucina vidi che era anch'essa piuttosto in disordine. Sanitari, lavandino e vasca da bagno erano tutti in condivisione. Più che una pensione, sembrava un ostello dove alloggiano le scolaresche in gita. Sicuramente in estate si riempiva di ragazzi dei club universitari. Forse anche le altre strutture del posto erano così, ma questa sembrava pervasa da un'atmosfera di estrema rilassatezza.

Ci portarono in una stanza ad angolo che, dicevano, offriva la vista più spettacolare. Occupava all'incirca dieci *tatami*, le dimensioni ideali per due persone. La finestra affacciava sul folto della vegetazione, le cime degli alberi si agitavano lente al vento. Di tanto in tanto si sentiva cantare un uccello, forse un tordo. I monti in lontananza erano avvolti dalla nebbia, mentre banchi di nuvole sottili scorrevano pigri sullo sfondo del cielo color di giada. A furia di guardare sembrava che il tempo volesse fermarsi.

Mi sedetti accanto alla finestra e rimasi per un po' a osservare il paesaggio, incantata. Anche la zia Momoko doveva essersi emozionata perché, evento più unico che raro, restò a lungo in silenzio. Provai a immaginare come ci si dovesse sentire a vivere in un posto simile. Magari sarebbe piaciuto anche a me.

A un tratto sentimmo bussare forte alla porta ed entrò una certa Haru. Trascinava una stufa a petrolio che collocò in un angolo dicendo: "Di notte fa freddo, qui".

Rispose al nostro "grazie" con un "di niente" un po' spiccio e se ne andò.

"Per quanto tempo hai lavorato qui, zia?"

Ci rifletté e poi rispose: "Circa tre anni, credo".

"E che cosa hai fatto dopo?"

"Mah, questo e quello. Sai, uno può vivere dappertutto se gli gira."

Non avevo dubbi che Momoko potesse vivere tranquillamente dappertutto.

"Allora," disse balzando in piedi, "facciamo una passeggiata prima di cena?"

Decidemmo di rimandare la scalata vera e propria al giorno successivo, limitandoci a visitare il santuario sulla cima, che era a due passi dal nostro alloggio e, a detta della zia, non ci avrebbe richiesto più di cinque minuti di cammino.

Arrivate a un angolo dove erano ammassati negozietti di souvenir e minuscoli ristorantini, svoltammo e ci trovammo davanti un grande portale.

Il santuario era molto più bello di quanto avessi immaginato. Era composto da tanti edifici diversi e lungo il percorso verso il padiglione principale c'erano numerosissime statue in pietra. Sul cartello informativo lessi che era stato costruito prima dell'epoca Nara[*] e che a partire dal medioevo aveva

_____

[*] 710-794. [N.d.T.]

attirato masse enormi di pellegrini, in quanto centro del culto delle montagne del Kantō.

Mi colpì scoprire che in quella regione montuosa ci fosse un santuario tanto antico. E che da centinaia di anni fosse meta di grandi folle di pellegrini: in passato, per inerpicarsi lungo i sentieri montuosi impiegavano probabilmente decine e decine di giorni. Per loro, visitare quel luogo doveva avere un'importanza molto maggiore rispetto ai pellegrini moderni. Io non ero particolarmente religiosa, ma quella storia mi emozionò.

Salimmo la scalinata piuttosto ripida che portava al padiglione principale, fiancheggiata su entrambi i lati da genziane selvatiche. Era una scalinata lunghissima, sembrava di non arrivare mai. Anche gli altri turisti avevano il fiatone. Quando giunsi in cima, respiravo a fatica.

In un modo o nell'altro riuscimmo a riprenderci e offrimmo entrambe qualche monetina per poi unire le mani in preghiera. Quando finii mi voltai a guardare Momoko, che stava ancora pregando. Aveva un'espressione incredibilmente seria.

Quando riaprì gli occhi le domandai: "Per cosa stavi pregando?".

"Niente di che."

"Ma se eri tutta presa."

"Nei santuari non si va soltanto a pregare. Capita anche di voler ringraziare per qualcosa. Ad esempio: 'Grazie per avermi protetto'."

"Davvero? Io ho sempre solo pregato per qualcosa."

"Per cosa hai pregato stavolta?"

"Per la salute, e poi per non avere problemi di soldi."

La zia Momoko si mise a ridere e commentò che era proprio da me. Poi diede un'occhiata all'interno del padiglione e disse: "Dopo essere andata via da casa di Satoru, come prima cosa sono venuta qui. E sulla via del ritorno mi sono fermata in quella pensione. Non sapendo come tirare avanti, chiesi alla signora di farmi lavorare per lei in cambio di una stanza.

Aveva da poco perso il marito e Haru non c'era ancora, quindi aveva bisogno anche lei di qualcuno che le desse una mano. Bisogna ammettere, però, che è stata buona a prendere con sé una persona che non conosceva affatto".

Ero affascinata dal suo modo di raccontare quella storia, quasi come se stesse parlando di qualcun altro.

Facemmo un ultimo inchino e, lasciatoci alle spalle il padiglione che ora brillava della luce calda del tramonto, riscendemmo in direzione del nostro alloggio.

Lavai via il sudore con un bagno, poi cedetti la vasca a Momoko e in attesa che finisse, mi sdraiai sul *futon*, finendo per addormentarmi. Quando lei mi svegliò, scuotendomi una spalla, era ormai ora di cena.

Mentre ero nel mondo dei sogni erano arrivati altri due gruppi di ospiti, che incrociammo nella grande sala all'ingresso. Una famiglia e due signori di mezza età. Questi ultimi sembravano già alticci, e quando entrammo ci salutarono a voce esageratamente alta dicendo: "Abbiamo cominciato senza di voi!".

La quantità di cose da mangiare era enorme. La signora continuava a portarci piatti. Stufato, *nattō*, sottaceti, *kimchi*, mille antipasti e pietanze bollite, perfino del *tenpura*. La cosa più buona furono gli *ayu* arrostiti al miso, che insieme al riso e alla zuppa per me erano già abbastanza, e infatti lasciai stufato e *tenpura* ai due signori.

Grazie anche alla semplicità dell'ambiente, la sala si animò ben presto di un piacevole baccano. I due signori erano grandi amanti della montagna e visitavano spesso quei luoghi, non la smettevano più di elencarci i loro posti preferiti. Si trattava però soprattutto di posti in cui crescevano fulvi asiatici e fiori di loto, gli uni e gli altri oramai fuori stagione. La famiglia, invece, si trovava lì per un ultimo viaggio tutti insieme in previsione del matrimonio del nipote. La nonna aveva già ottantasette o ottantotto anni (sull'età esatta nacque una piccola diatriba tra i membri della famiglia), ed era stato il nipote a spingerla in sedia a rotelle dalla fermata della funivia fino a lì.

"È il mio ultimo viaggio, questo," borbottò lei, e Momoko le rispose: "Ma che dice! Se è ancora così giovane... Sa in quanti posti ancora potrà andare?". Sembrava un po' su di giri.

Dopo aver dato la buonanotte ai due gruppi, Momoko e la proprietaria cominciarono a parlare e pareva che avessero un'infinità di cose da dirsi, quindi decisi di tornarmene in stanza per conto mio.

I dubbi che avevo nutrito prima della partenza erano tutti nella mia testa e lo capii quando, rientrata in camera, ripensai al comportamento della zia. Sembrava si stesse divertendo ed era la Momoko vivace di sempre. Evidentemente aveva solo nostalgia di un posto dove aveva lavorato, per questo ci era voluta ritornare.

Uno strano presentimento mi aveva condotta sin laggiù. E a giudicare da come era andata a finire con Hideaki, io e i presentimenti non andavamo molto d'accordo.

Ma sì, in fondo mi stavo divertendo. Soltanto questo avevo in mente mentre aspettavo che lei ritornasse.

"Domani dobbiamo svegliarci presto, è meglio se dormiamo," disse andando a infilarsi dritta nel *futon*. Io però mi ero già appisolata un paio di volte, per cui adesso non riuscivo a prendere sonno. La zia Momoko si addormentò in tre minuti, quasi subito il suo respiro si fece pesante e regolare (e ogni tanto russava anche).

Accidenti a me che avevo dimenticato il libro al Subouru. Nel momento in cui ci ripensai, mi tornò in mente il volto di Wada. Chissà cosa stava facendo, chissà se dormiva. Stavo trascorrendo la notte in un luogo sconosciuto, lontano da casa, mi sentivo un po' a disagio e per qualche motivo mi venne voglia di vederlo. Se solo gli avessi chiesto il numero di telefono. Forse non ci saremmo rivisti mai più. In effetti non aveva più motivi per venire al caffè. Quel pensiero mi strinse ancora di più il cuore.

E dato che, più riflettevo, meno riuscivo ad addormentarmi, decisi di uscire dalla stanza. L'intera pensione sembrava essere sprofondata nel sonno, salvo una stanzetta in fondo al corridoio dal cui *fusuma* filtrava della luce.

Mi avvicinai in punta di piedi e sbirciai all'interno: c'era Haru che, seduta a gambe incrociate al tavolo, fissava lo schermo di un computer. Aveva la stessa espressione seria della zia Momoko mentre pregava al santuario. Quando, sempre a passo felpato, mi voltai per andarmene, lei si accorse di me e mi domandò: "Che succede?".

"Ecco... Non riesco a dormire..."

"Be', perché non fai una passeggiata allora? Oggi era una bella giornata, il cielo sarà pieno di stelle." E mi indicò la porta con il mento.

"Ci provo." Mi avviai verso l'uscita ma mi bloccai subito: era buio pesto, troppo pericoloso per una ragazza da sola.

Lo dissi a Haru che mi raggiunse con una torcia elettrica.

Aprimmo la porta in silenzio e uscimmo in giardino. Ci trovavamo in una posizione piuttosto elevata, e anche se si era ancora a metà ottobre, il mio respiro era bianco come d'inverno. Alzai lo sguardo e il cielo stellato mi parve molto più vicino del solito. Costellazioni che in quel periodo dell'anno era impossibile scorgere dalla città splendevano vivide oltre le creste montuose.

Ci incamminammo piano verso il santuario. Intorno a noi tutto dormiva, non c'era una sola finestra illuminata. Si sentiva soltanto lo scalpiccio intermittente dei nostri sandali.

"Scusa se ti ho costretto a venire insieme a me."

"Figurati, stavo solo consultando un forum online," rispose Haru estraendo un pacchetto di sigarette dalla tasca dei pantaloni. Ne mise in bocca una e l'accese, quindi buttò fuori il fumo verso il buio.

"Da quanto tempo lavori qui?"

"Dalla fine del liceo. La proprietaria è una mia parente."

"Ah, non lo sapevo."

"Qui è un po' tutto a gestione familiare. E i ragazzi dei licei qui intorno vengono a lavorare part-time durante le vacanze. Casi come quello di Momoko sono rari."

"Ti piace il tuo lavoro?"

"Mah. Non lo so, non ne ho avuti altri. Nei periodi in cui c'è il pienone di studenti l'atmosfera è parecchio vivace, mentre adesso è un po' desolante. Come mai voi due viaggiate insieme? A guardarvi non si direbbe che siate granché intime," disse Haru con un tono da cui non trapelava particolare interesse.

"Già, chissà. Prima di partire pensavo che Momoko avesse qualche confidenza da farmi. Ma forse era tutta una mia convinzione."

"Uhm. Certo però che quando Momoko stava qui da noi era molto più introversa. Rivedendola mi è parsa allegra, quasi non la riconoscevo."

"Ah sì?"

"Sì. Negli ultimi tempi stava un po' meglio, ma anche allora, e ti parlo di quando io avevo appena cominciato a lavorare alla pensione, parlavamo a malapena. Mi faceva persino paura, a volte."

Non riuscivo nemmeno a immaginare la Momoko che stava descrivendo.

"Bah, chi lo sa," concluse Haru gettando il mozzicone di sigaretta in un posacenere collocato davanti al portale del santuario.

Una stella cadente attraversò rapida la volta celeste, seguita da un rumoroso starnuto di Haru.

"Vogliamo rientrare?" proposi.

Haru tirò su col naso e annuì.

L'indomani mattina non avevo nessuna voglia di alzarmi dal letto e rimasi a sonnecchiare. La zia Momoko tentò più volte di sollevare la coperta di lana, ma io la stringevo con le mani e mi riaddormentavo.

Alle nove finalmente mi svegliai, mi lavai la faccia e andai a cercarla. Sforzandosi di trattenere una risata, la proprietaria mi disse: "Sarà in giardino," e infatti una volta uscita la trovai lì nel mezzo, con indosso uno *yukata*, in una strana posa.

Le chiesi che cosa stesse facendo e lei rispose che faceva tai chi, come era sua abitudine da qualche anno a quella parte.

"Fa bene alla salute, sai? E anche all'umore. Se ti va, cara la mia dormigliona, puoi unirti a me."

Faceva tai chi ogni mattina anche davanti alla libreria Morisaki? Un impiegato che, passando lì vicino prima dell'apertura, si fosse trovato davanti una signora di mezza età intenta a fare tai chi forse avrebbe stentato a credere ai propri occhi. Mi immaginai la scena e mi venne da ridere.

Terminata la colazione, finalmente Momoko e io partimmo per la nostra escursione in montagna. Stavolta mi ero premunita anch'io, e portavo abiti adatti. Gli altri ospiti dovevano essere partiti già da parecchio. Ma non c'era alcuna fretta. Lo dissi a Momoko, che mi lanciò un'occhiataccia.

Uscimmo con la proprietaria della pensione che ci augurò

una buona passeggiata. La nostra destinazione era un punto panoramico particolarmente suggestivo cui si arrivava seguendo un sentiero che attraversava due montagne.

Intorno a noi c'erano tantissimi cipressi, ciascuno dei quali era alto cinque volte me. Qua e là spuntavano graziosi fiori selvatici che la zia puntualmente mi indicava chiamandoli con il loro nome. Grazie alla sua lunga permanenza tra quelle montagne sapeva davvero tante cose. Quanto a me, l'ultima vacanza in montagna risaliva a un campo estivo alle elementari. Era bello camminare accompagnati da una guida, senza paura di perdersi: ero così di buonumore che intonai la canzoncina imparata proprio al campo, *L'orso della montagna*.

Ma riuscii a cantare solo le prime strofe, perché il sentiero, inizialmente pianeggiante, si fece via via sempre più ripido e impervio. Non sapevo bene dove mettere i piedi e rischiavo di inciampare a ogni passo. Mai sottovalutare la montagna.

Fuori allenamento com'ero, mi era bastato intonare quelle prime strofe per ritrovarmi senza fiato. Momoko invece non mostrava alcun segno di cedimento e procedeva a passo spedito. Quando si accorgeva che ero rimasta troppo indietro rallentava per darmi il tempo di raggiungerla.

"Signora guida, non potrebbe camminare più lentamente?" la supplicai dopo aver superato un enorme masso chiamato "Masso del *tengu*", ma lei rispose un po' seccata: "Di chi è la colpa se siamo in ritardo? Se non ci sbrighiamo dovremo rientrare con il buio. E di sera qui è buio pesto". Non potei controbattere.

"Fra poco faremo una pausa. Fino ad allora, forza!" mi incoraggiò, e poi riprese a camminare a passo svelto.

Poco dopo mezzogiorno ci fermammo finalmente a riposare nei pressi di una sorgente. Ci spartimmo i quattro *onigiri* che la proprietaria della pensione ci aveva dato come colazione al sacco. Nel bosco, con la luce che filtrava tra i rami degli alberi e il suono rilassante dell'acqua, la stanchezza cominciò a scivolare via. Mi sedetti su un sasso e inspirai più e più volte l'aria pulita nel tentativo di riprendere fiato. Momoko sembrava passarsela ancora bene e si lanciò immediatamente sugli *onigiri*.

"Certo che sei in forma, eh, zia!"

"Sei tu che hai un po' troppo poche energie per la tua età, Takako-*chan*."

"Penso che vivrai in salute fino all'età della signora con cui abbiamo parlato ieri," scherzai.

Momoko si mise a ridere.

"Mah, in verità non penso proprio. Sono malata. Ho già parecchi problemini."

Non credevo alle mie orecchie, ma Momoko disse solo che la pausa era finita. Esclamò che mancava poco e si rimise in cammino.

Malata? La zia Momoko malata? Non sembrava affatto...

Siccome ero ancora immobile, lei si voltò a chiamarmi: "Se continui a fermarti ti lascio indietro!". Mi rimisi in piedi in fretta e furia e raggiunsi la sua figura minuta.

In seguito continuammo a camminare quasi senza scambiare una parola. Scendemmo lungo un sentiero pieno di ciottoli, poi girammo intorno al fianco della montagna e risalimmo un secondo sentiero: un continuo saliscendi che le mie gambe faticavano a sopportare.

Finalmente si aprì il cielo davanti a noi, segno che eravamo arrivate in cima. Ci trovavamo ora su un belvedere che ricordava la sommità appiattita di un budino. Una distesa rossa e marrone di pini e un picco ripido. Su una panchina proprio lì davanti riposava uno dei due signori della sera prima, ma a parte lui non c'era nessun altro. Ci sedemmo su una panchina di fronte alla sua. Una brezza gentile ci rinfrescava le guance e il corpo.

Il paesaggio visto dalla cima della montagna era davvero

emozionante. Le vette rivaleggiavano tra loro circondate dal verde brillante della vegetazione intorno. Il cielo era vicinissimo, l'aria limpida, e dopo un po' che guardavi ti sembrava di esserne risucchiata.

Sforzandomi riuscii a vedere Tōkyō, in lontananza, come una distesa di minuscoli granelli. Dalla vetta della montagna sembrava così strano pensare che l'indomani anch'io sarei stata là. E se avessi vissuto per sempre così? Quasi quasi... Forse anche Momoko a suo tempo aveva avuto lo stesso pensiero.

"Zia Momoko?"

"Sì?"

"Perché te ne sei andata di casa lasciando lo zio Satoru?" Mi era venuta voglia di saperlo, a prescindere dalla richiesta dello zio. Forse a questo punto lei mi avrebbe dato una risposta. Me lo sentivo.

"Be'..." E annuì debolmente guardando fisso davanti a sé.

Nella sua stessa posizione, aspettai che riprendesse a parlare. Una rondine attraversò in silenzio il cielo sopra di noi.

"Ti ho già raccontato che prima di incontrare tuo zio ero stata innamorata, vero?"

"Sì."

"Quando stavamo insieme rimasi incinta. Avevo sempre desiderato una famiglia, quindi ero al settimo cielo, ma lui non ne era così felice. Forse perché aveva già moglie e figli in Giappone, chissà. Anche se all'epoca ancora non lo sapevo."

Un soffio di vento alzò la polvere dal terreno. Poi tornò la calma.

"Se allora fossi stata più forte, magari sarei riuscita a proteggere quel bambino. Ma le cose non andarono così. Non me la sentivo di inseguire la mia felicità a costo di far soffrire qualcun altro, né avevo il coraggio di pagare il prezzo delle mie scelte... In seguito provai un fortissimo rimpianto, ma era troppo tardi..." Fece un sospiro e accennò un sorriso.

"Poi incontrai Satoru e lo sposai. Lui, come me, avrebbe voluto dei figli, ma non arrivavano. Finché finalmente, dopo dieci anni, rimasi di nuovo incinta. Satoru ne fu felicissimo, io non riuscivo a smettere di piangere per la gioia. Ma il bambino morì prima ancora che potessi darlo alla luce... Fu la mia punizione. La punizione per aver tolto la vita al bambino che c'era stato prima di lui. Non avevo più alcun diritto di crescere dei figli... Satoru fece di tutto per consolarmi, nonostante stesse soffrendo anche lui. È un uomo gentile, a volte persino troppo. Lo hai capito anche tu, no?"

Annuii con decisione.

"In seguito riuscii a riprendermi e feci del mio meglio per rimettere in piedi insieme a lui la libreria. Probabilmente per delicatezza nei miei confronti, Satoru non parlò mai più di bambini. E cominciò a dedicarsi anima e corpo alla gestione della libreria. Amavo anch'io quel posto, in quello non ero di certo seconda a lui. Solo che non mi bastava. Passarono gli anni, ma la tristezza non accennava a diminuire. Continuavo ad avvertire come una voragine dentro di me. E quel senso di vuoto, anziché affievolirsi, sembrava aumentare ogni giorno di più... Per qualche motivo, il semplice stare insieme a Satoru mi faceva sentire come se lo stessi tradendo. Finché, un giorno, senza nemmeno capire bene come, mi sono ritrovata quassù."

Quando finì di parlare fece un profondo sospiro, come se fino a quel momento avesse trattenuto il fiato.

"Sono stata egoista, se mi disprezzi lo capisco. Ma, chissà perché, con lui non riuscivo proprio a parlarne, avevo paura. Ci sarai rimasta male anche tu, immagino."

Non sapevo cosa dire. Forse in quel momento della mia vita non ero nemmeno in grado di immaginare quanto dolore potesse aver provato. Riuscivo però a comprendere che i suoi sentimenti erano sinceri, e nessuna formula di circostanza avrebbe reso giustizia alla sua onestà. Restai in silenzio scuotendo piano la testa. Dopo un po', Momoko si alzò lentamente e disse: "Scusa per tutti questi discorsi noiosi. Su, sbrighiamoci a rientrare".

Mi voltai e vidi che il sole aveva cominciato a spegnersi dietro le cime delle montagne.

Sulla via del ritorno, la zia Momoko riprese a camminare a passo svelto. Io ero confusa, immersa in mille pensieri, distratta, e finii per mettere un piede in fallo e scivolare, cadendo con il sedere per terra.

Quando, sfinita, arrivai alla pensione, fuori era ormai buio e aveva cominciato a cadere una pioggia sottile. Mancava un'ora alla cena, quindi filai dritta nella vasca da bagno. Restai immersa per parecchio tempo, gli occhi fissi sul soffitto. Era stata una giornata molto, molto lunga. Guardai fuori dalla finestra e vidi che era scesa la sera, nerissima. Il vapore color latte si disperdeva nell'aria come risucchiato dal buio.

Sentii aprirsi la porta, mi voltai e, in mezzo al vapore, vidi Momoko, completamente nuda. Senza vestiti sembrava ancora più piccola.

"Posso immergermi anch'io?"

"Ehm... Sì, certo."

Entrò senza aspettare la mia risposta.

"Sei proprio giovane, Takako. Hai ancora la pelle bella elastica," disse lanciandomi un'occhiata.

Istintivamente mi venne da voltarle le spalle.

"Ormai ho anch'io una certa età."

"Ma no, ancora ne hai di tempo. Guarda che linea elegante, dal collo al seno. Con il passare degli anni lì si formano un sacco di rughe. Tu sei tutta liscia, che invidia," rispose.

Stufa, le dissi: "Iniziano a sembrare delle avance".

Momoko rise di gusto. "Che esagerazione, Takako." La sua voce risuonò per tutta la sala da bagno.

Vedendola nuda, mi ero accorta che nella parte inferiore

dell'addome aveva una brutta cicatrice verticale – il segno di un'operazione chirurgica – lunga una decina di centimetri. Non sembrava volerla nascondere, tuttavia provai un forte disagio e distolsi lo sguardo.

Ricordai cosa mi aveva detto quella mattina. Avevo un nodo alla gola, non riuscivo a parlare.

Momoko si sciacquò ed entrò nella vasca accanto a me. Chiuse gli occhi e con un'espressione di beatitudine disse: "Oh, che meraviglia".

Osservandola di profilo mi venne voglia di abbracciarla.

Indicai la finestra e dissi: "Guarda!", poi, mentre era distratta, feci per saltarle al collo.

Momoko presagì il pericolo e si spostò all'istante, poi, con un'espressione sorpresa, gridò: "Ma che fai?".

"Niente," risposi io sforzandomi di mantenere la faccia seria e costringendola in un angolo come se fossi un cane pastore con una pecora.

"Che ti prende, Takako? Hai uno sguardo strano," disse con un tono tra l'impaurito e il divertito.

Mi aggrappai a lei, chiusi gli occhi e la strinsi forte. Le sue spalle erano piccole ma calde.

"Ehi, ma si può sapere che stai facendo?" Momoko fece resistenza, io però non allentai la presa.

Ormai aveva capito le mie intenzioni e mi lasciò fare.

"Che guaio, non sapevo che avessi questi gusti, Takako-*chan*," scherzò.

"Dovevi fare più attenzione," risposi ridacchiando, poi ce ne restammo lì abbracciate a lungo, in un angolino della vasca da bagno.

La seconda sera trascorse ancora più tranquilla della prima.

I due gruppi del giorno precedente erano andati via e al loro posto era arrivata una coppia che durante la cena aveva parlato tutto il tempo a voce bassa. Veniva quasi voglia di dire loro che se intendevano starsene in disparte non avrebbero dovuto scegliere una pensione come quella, ma una locanda termale vera e propria.

La proprietaria doveva aver avuto la nostra stessa impressione, e quando venne a portarci la cena accese la vecchia tv al centro della sala. L'audio non funzionava bene, e le risate dei partecipanti al programma che stavamo guardando ci arrivavano a intermittenza, rendendo più denso il silenzio in cui eravamo immersi. Quel malfunzionamento mi innervosiva, quindi mi alzai e andai a spegnere l'apparecchio.

Ci ritirammo e, dopo esserci infilate nei nostri *futon*, la stanza sprofondò nel silenzio più assoluto. Aveva anche smesso di piovere, perché non arrivava più nemmeno il rumore delle gocce.

La zia Momoko propose di prendercela comoda la mattina dopo, e le risposi che ero d'accordo.

Tenevo gli occhi fissi sul soffitto. Era buio pesto, perché Momoko riusciva a dormire solo così, non sopportava neanche la minima luce. Ciò nonostante, a furia di tenerli aperti gli occhi si abituano e si cominciano a distinguere i contorni delle cose.

"Zia Momoko, sei sveglia?" abbozzai sottovoce.

"Sì?" rispose subito. Evidentemente nemmeno lei riusciva a prendere sonno.

"Ti va di parlare un po'?" mormorai.

"Sì, ci stavo pensando anch'io."

"Si tratta di quello che mi hai detto oggi."

"Che cosa ti ho detto?"

"Della malattia..."

"Ah, sì," rispose dopo una breve pausa.

"È... È una cosa grave?" domandai d'un fiato. La mia voce mi suonò incredibilmente agitata.

"Sì, è piuttosto grave in effetti, ma in fondo poi neanche tanto," bisbigliò.

"Che... vuol dire?"

"Be'..." esordì schiarendosi la voce. "In giro si sente di incidenti letali, di malattie fulminanti che non lasciano neppure il tempo di congedarsi dai propri cari. Rispetto a situazioni del genere, il mio forse è un caso fortunato, perché ho ancora tante possibilità."

"Vuoi dire che..."

"Non c'è da preoccuparsi troppo. Non è nulla di immediato. Qualche tempo fa sono stata ricoverata in ospedale, mi hanno asportato le ovaie e sottoposto ad altri trattamenti, adesso vado ai controlli periodici e sto a vedere che succede. Per qualche anno ancora non possiamo cantare vittoria."

"Ed è per questo che sei tornata dallo zio...?"

"Non è che io sia tornata perché mi sono ammalata, tutt'altro. Ma mentre ero in ospedale, in una situazione di grande prostrazione, ho fatto un sogno."

"Un sogno?"

Nel buio, mi girai sul fianco verso Momoko, anche se non riuscivo a vedere la sua espressione.

"Esatto. Ho sognato di trovarmi su una barca prossima a lasciare il porto. O forse ero io stessa la barca, non ricordo bene. Fatto sta che dovevo remare verso la linea dell'orizzonte. Sapevo che non sarei mai più tornata indietro. Mi voltavo verso il porto e vedevo un uomo che mi salutava con una mano. Capivo subito che era Satoru. Avevo il netto presentimento che se me ne fossi andata non ci saremmo visti mai più, e così iniziavo anch'io a salutare. Ma la barca era troppo veloce e Satoru diventava sempre più piccolo. A un certo punto non lo vedevo più ed ero sola in mezzo al mare. Ecco il contenuto del mio sogno."

Momoko si girò nel *futon* verso di me.

"Mi vergogno un po' a raccontarlo, ma quando mi svegliai, in quella stanza di ospedale, mi resi conto che stavo piangendo. E continuai a piangere come una fontana anche dopo aver capito che si era trattato solo di un sogno. Alla fine singhiozzavo. Eppure non sono il tipo che piange facilmente, nemmeno mi ricordavo quando era stata l'ultima volta, ma in quella circostanza mi sentivo così triste da non riuscire a fare altro. E avevo un gran desiderio di rivedere Satoru. Ti sembro matta?"

"Ma no." Stavolta riuscivo a immedesimarmi nello stato d'animo di Momoko e scossi forte il capo.

"Sì, sono matta," sentenziò lei senza ascoltarmi. "In ogni caso, è stato allora che mi sono decisa a mettere da parte l'imbarazzo e a tornare da lui."

"Capisco... E non hai intenzione di dire allo zio della tua malattia?"

"No," rispose lei secca.

"Perché?"

"Arrivati a questo punto, non mi va di diventare un peso per lui."

"Lo zio Satoru non è così debole, sai?"

"Lo so, sono certa che si prenderebbe cura di me. Ma non

è questo il punto. È una questione di sentimenti. Non posso approfittare oltre di questa situazione."

"Ma dovresti almeno parlargli. Dovrebbe saperlo, no?"

Momoko non mi lasciò il tempo di finire la frase.

"Avevo già preso la mia decisione quando sono tornata da lui."

"Però, scusa, con me invece ne hai parlato... o mi sbaglio?" replicai.

"Be', forse avevo voglia di parlarne con qualcuno," mormorò. "Forse volevo qualcuno a cui confidare i motivi della mia sparizione e le circostanze della mia malattia. E sapevo che, se ti avessi chiesto di non parlarne con nessuno, nemmeno con Satoru, tu non lo avresti mai fatto."

"Ma così..." piagnucolai. "Così non è giusto, però."

"Lo so, non è giusto. Perdonami, Takako-*chan*. Quando prima mi hai abbracciato, nella vasca da bagno, sono stata felicissima. Felicissima, devi credermi. Sei una brava ragazza. Per questo Satoru è così affezionato a te."

Mi infilai tutta dentro il *futon*, piangendo a dirotto e continuando a ripetere che non era giusto. Più Momoko mi chiedeva scusa, più dicevo che non era giusto. Finché fui così stanca di piangere che mi addormentai.

Il mattino seguente salutammo la proprietaria e Haru sotto un cielo pieno di nuvole e lasciammo il rifugio. Come al nostro arrivo, Momoko si inchinò per salutare la signora, la quale si mise a ridere e le chiese di smetterla, ma Momoko continuò. Haru disse solo "alla prossima!" e salutò con la mano.

Quella mattina la zia Momoko era tornata allegra come sempre, e durante la discesa ripeteva cose come "guarda, i gigli di montagna stanno fiorendo!", oppure "laggiù le foglie sono già tutte rosse". Io le rispondevo cercando di mantenere un tono altrettanto tranquillo. Non sapevo che altro fare.

Ci separammo nel tardo pomeriggio alla stazione di Shinjuku. La zia fece un profondo inchino davanti ai tornelli affollatissimi e, con un sorriso smagliante, disse: "Grazie, Takako. Mi sono divertita molto".

Mi feci coraggio e le domandai: "Che cosa hai intenzione di fare adesso?"

"Ritorno alla libreria," disse con noncuranza.

"Non intendevo quello. Volevo dire d'ora in avanti."

Momoko incrociò le braccia e, dopo averci pensato su, rispose: "Mah, qualcosa farò". Poi girò i tacchi e sparì in quella fiumana di persone.

Restai lì in piedi anche quando la sua figura minuta sparì alla mia vista, sopraffatta dal pensiero di cosa sarebbe accaduto adesso.

Due giorni dopo, poco prima di mezzogiorno, lo zio Satoru mi telefonò. Vidi il suo nome sullo schermo del cellulare e immaginai subito che cosa volesse da me.

"Scusa se ti disturbo mentre sei al lavoro," disse con voce mogia appena risposi. "Quando sono arrivato in libreria ho trovato una lettera..."

Ecco, era arrivato il momento. Feci un respiro lungo e profondo. Non doveva andarsene così. Ma, anche se in cuor mio sapevo che sarebbe successo, che cosa mai avrei potuto fare?

Lei però era davvero ingiusta. Ingiusta. Stringevo il telefono in mano e sentivo montare la rabbia.

"Takako?" chiamò lo zio, allarmato dal mio silenzio.

"Arrivo subito."

"E come fai con il lavoro?" mi stava chiedendo, ma chiusi la comunicazione prima che potesse finire la frase.

"Non è giusto, non è giusto, non è giusto," continuavo a ripetermi nel treno diretto a Jinbōchō. "Gli adulti non si comportano così."

Non è che non capissi cosa provava Momoko. Come dire... Una scompare per cinque anni, si ripresenta dal marito all'improvviso e gli dice che è malata: sa che potrebbe sconvolgerlo. Soprattutto considerando quanto amore ancora provava la zia per lo zio Satoru. Ma che ne sarebbe stato adesso di lui? Aveva sofferto tanto già l'altra volta.

Io stavo dalla parte dello zio, così come lui, fino a quel momento, era stato dalla mia. Ecco perché non avrei mai perdonato Momoko per essere di nuovo sparita in quel modo. La rabbia rischiava di sopraffarmi, non riuscivo più a contenermi. Tremavo, non ricordavo nemmeno più da quanto tempo non provavo tanta rabbia.

Quando arrivai alla libreria e lo zio mi mostrò il biglietto che diceva *Grazie di tutto, riguardati*, lo strappai in mille pezzi e lo gettai per terra. Lui mi guardò a bocca aperta.

"Non è giusto, è una codarda. Arriva, ci mostra la parte migliore di sé e se ne va. È una fuga bella e buona."

"Ehi, Taka..." disse lo zio scrutandomi con espressione preoccupata.

Lo interruppi a metà, raddrizzai la schiena e, senza rivolgermi a nessuno in particolare, dichiarai: "Sto per venire meno alla parola data. Anzi, non ho dato proprio nessuna parola. È stata lei a chiedermi di non dire niente".

"Cosa?" rispose lui a bocca aperta.

Gli raccontai a grandi linee ciò che avevo saputo in montagna, pur rendendomi conto che per lui sarebbe stato uno choc. Ma aveva il diritto di sapere, ed era l'unico che potesse fermarla.

Lo zio però non parve affatto sorpreso, e quando ebbi finito di parlare si limitò a fare un debole cenno di assenso con il capo.

"Lo sapevi già?"

"No, non lo sapevo."

"Ma..."

Fece un profondo sospiro e si lasciò cadere sulla sedia.

"Sentivo che se era tornata doveva esserci sotto qualcosa di grosso. Te l'ho detto, quando prende una decisione non cambia mai idea. E invece era riapparsa... Ecco perché avevo paura di farle domande. E ho chiesto a te di fargliele al posto mio. Che scemo sono stato. Non ho voluto parlarle e questo è il risultato."

Lo zio sembrava ormai rassegnato. Mi avvicinai per guardarlo fisso negli occhi.

"Forse sei ancora in tempo," lo esortai. "Se la lasci andare adesso, potresti non rivederla mai più. Qualunque sia l'epilogo, non puoi arrenderti ora. Mi capisci? Solo tu puoi fermarla, zio."

"Uhm," ribatté in tono stanco.

"E allora vai!" lo incitai. "Non sei stato tu, una volta, a dirmi di non fuggire? Non potete fuggire entrambi. Penso io al negozio, tu vai da lei!"

"Ma dov'è che la dovrei cercare?" mi domandò lui con un'espressione da sconfitto in partenza.

"Non ti viene in mente nessun posto? Il primo dove potrebbe andare Momoko..."

Lo zio mi guardò, confuso.

"No, niente."

"Com'è possibile? Dev'essercene uno! È o non è tua moglie?"

"Sì, ma non è che per questo..."

"Prova a pensare a un posto che per lei è importante."

Continuò a fissarmi senza dire niente, poi all'improvviso si illuminò.

"Uno forse ci sarebbe... Anzi, è sicuramente lì."

"Vedi? Ne ero certa! Forza, cosa fai ancora qua?"

"Sì, magari sono ancora in tempo," disse balzando in piedi. "Ma devo chiederti una cosa, Takako: puoi badare tu al negozio?"

"Sì, certo. Te l'ho già detto."

"Non ti pagherò però, lo sai?"

"Lo so, e ora vai, su!" sbottai. Non era il momento di parlare di sciocchezze.

Lo zio si precipitò fuori dalla libreria. E io sperai con tutta me stessa che riuscisse a riportare indietro la zia Momoko.

In piedi sulla porta, lo guardai correre all'impazzata lungo Sakura-dōri. Sfortunatamente il mal di schiena lo costrinse a fermarsi più volte a massaggiarsi le anche, ma pazienza.

Poi non lo vidi più, ma rimasi comunque ad ammirare uno spicchio di cielo tra i palazzi. Era un cielo autunnale azzurro pallido, sottili banchi di nubi lo attraversavano piano.

"Ehi, che succede? È aperto?" chiese un signore di mezza età fermandosi davanti alla libreria.

Mi guardò con aria poco convinta e, passandomi accanto, entrò. Lo seguii all'interno.

"Prego, mi dica."

Avevo portato a termine il mio compito. Ora toccava allo zio.

Mi misi dietro al bancone, come ero solita fare in passato, e attesi il ritorno dello zio e di Momoko.

Rividi Wada un bel po' di tempo dopo, quando gli alberi ai lati della strada erano ormai completamente spogli.

Quella sera mi recai al Subouru dopo un mese circa che non ci andavo. All'inizio tiravo dritto quando ci passavo davanti, ma con il freddo mi era venuta voglia di bere il loro caffè.

Aprii la porta, Wada era seduto a un tavolo. Lo vidi subito e anche lui si accorse di me.

"Oh, no!" mi dissi, e pensai di risolverla con un saluto veloce, ma lui si alzò educatamente e aspettò che lo raggiungessi.

"Ciao," mormorai imbarazzata, prendendo posto di fronte a lui.

"Ciao," mi rispose con il solito tono cordiale. "È da tanto che non ci vediamo."

La cameriera ci portò dell'acqua e domandò se volessimo ordinare qualcosa. Io avevo intenzione di salutarlo e poi spostarmi a un altro tavolo, così le chiesi di ripassare. Lei annuì, sorrise e se ne andò.

"Tutto bene?" si informò Wada.

"Mah, sì. E tu?"

"Me la cavo," rispose lui sorseggiando il caffè.

Forse aspettava ancora la sua ragazza. Anche se aveva detto di averci rinunciato.

Mentre mi ponevo questi interrogativi, a un tratto Wada disse: "Ti aspettavo", poi estrasse un tascabile dalla borsa e lo posò sul tavolo.

Era la copia di *Amicizia* di Mushanokōji che avevo dimenticato la sera prima di partire. Con tutto quello che era successo, mi era passato di mente. Non avrei mai pensato che potesse averla lui.

"E sei venuto apposta qui ad aspettarmi?" gli domandai prendendo il libro.

"Quella sera, dopo che sei andata via, mi sono accorto del libro e ho chiesto al proprietario di dartelo, ma lui mi ha risposto di non averti mai visto."

Come? Era impossibile che il proprietario non mi conoscesse. Ero stata decine di volte al Subouru.

"Quindi l'ho tenuto io," proseguì Wada. "Non avendo un tuo recapito, potevo solo venire qui di tanto in tanto per vedere se ci fossi, ma non riuscivo mai a incontrarti. Così alla fine, dato che nell'attesa mi annoiavo, me lo sono letto. Spero che non ti dispiaccia."

Non credevo alle mie orecchie. Adesso che mi ero fatta un'idea della situazione, mi voltai verso il bancone per guardare il proprietario, che lucidava i bicchieri facendo finta di niente. Dopo un po' che lo fissavo, i nostri sguardi si incontrarono. Che scemo... cosa credeva di fare? Evidentemente non sapeva che Wada aspettava un'altra.

Feci un cenno con il capo per rassicurare Wada che non mi dispiaceva e aggiunsi: "Mi spiace solo che ti sia dato tutto questo disturbo".

"Ma no, anzi, devo ringraziarti perché dopo tanto tempo ho potuto leggere un libro che non è *Sulla collina*." Sorrise divertito.

Non mi aspettavo uno sviluppo del genere, non sapevo cosa dire. Abbassai gli occhi, scossa da un tremito.

"Che succede?" mi domandò preoccupato. Ma poi si accorse che stavo soltanto ridendo e si unì a me.

Ero sempre più di buonumore, semplicemente felice di averlo rivisto. Sì, era così: ero tremendamente felice di aver rivisto Wada. Ed era così a prescindere dai suoi sentimenti nei miei confronti: non aveva alcuna importanza.

"Sono..." dissi sollevando la testa. "Sono felice di averti incontrato."

Dovevo ringraziare il proprietario. Gli ero davvero grata. Se non fosse stato per il suo piano, probabilmente non avrei mai più rivisto Wada. Nemmeno ordinandogli cento tazze di caffè avrei potuto ripagarlo per ciò che aveva fatto.

"Sono contento anch'io di averti rivisto. Mi sarei sentito in colpa se non ti avessi restituito il libro... Scherzo, in realtà avevo voglia di parlare con te."

Così dicendo, Wada fece un gran sorriso. Ero così imbarazzata da non riuscire a guardarlo in viso. Vidi di sfuggita la finestra, dove si riflettevano le nostre sagome sedute l'una di fronte all'altra. Fuori soffiava un vento freddo, si gelava. Provavo solo gratitudine per il caso che ci aveva fatto incontrare un'altra volta.

Poi Wada raddrizzò le spalle e disse: "Per ringraziarti di avermi prestato il libro, questa sera vorrei offrirti qualcosa. Posso?".

"Vada per un caffè," risposi sollevando un dito, quindi sorrisi a mia volta.

"Sei una che si accontenta di poco, allora," rispose lui ridendo. E fece un cenno alla cameriera.

La libreria Morisaki si trova all'angolo di una strada piena di librerie dell'usato. È piccola, vecchia, e non sembra che gli affari vadano troppo bene. Di clienti se ne vedono pochi. Tratta una varietà piuttosto limitata di libri e, a meno di essere degli esperti appassionati, è difficile che la si conosca.

Eppure c'è chi ama questo posto.

Lo zio Satoru dice sempre che l'amore di queste persone per lui è più che sufficiente, e questo mi piace. Così come mi piace lui, il proprietario della libreria Morisaki.

Quel giorno ero in ferie e dopo un po' che mancavo mi recai a Jinbōchō. Lo zio mi aveva telefonato una settimana prima. Nella sua voce c'era un'energia che mi aveva fatto capire cos'era successo prima ancora che me lo raccontasse.

"Anche lei ha una gran voglia di incontrarti, sai?"

La convalescenza procedeva bene, e questo mi aveva tranquillizzata. Il pensiero di rivederla dopo tanto tempo mi metteva le ali ai piedi.

Il giorno che lo zio le era corso dietro, la zia Momoko non era tornata in libreria insieme a lui. Erano riusciti a incontrarsi, però: lo zio era andato al tempio cui avevano affidato il loro bambino mai nato. Lei era rimasta a lungo vicino a una sorgente sul retro del tempio.

Non chiesi mai di che cosa avessero parlato, precisamente. Non riguardava altri che loro. Ma sapevo che nessuno dei due avrebbe mai potuto mentire nel luogo in cui riposava il loro bambino. Laggiù, ciò che più contava per entrambi era affrontare i sentimenti che provavano l'uno per l'altra. Forse in cuor suo la zia Momoko desiderava che lo zio andasse a cercarla proprio lì, forse lo aveva desiderato anche cinque anni prima.

"Quando mi ha visto è crollata e ha cominciato a piangere e singhiozzare come una bambina. In quel momento ho provato per lei una profonda tenerezza. Le lacrime non accennavano a smettere. Ho finalmente capito ciò di cui non mi ero reso conto prima, ciò che avevo scelto di non vedere. L'ho stretta a me e le ho ripetuto tante volte: 'Non te ne andare, ho bisogno di averti accanto'. Era così semplice, eppure fino a quel momento non ci ero riuscito."

Quella notte lo zio era tornato a casa da solo. Non era triste per l'assenza di Momoko, anzi, sembrava sollevato. "Mi ha fatto una promessa. Mi ha promesso che ne parleremo e che un giorno tornerà."

Era passato un anno, e la zia Momoko aveva mantenuto la parola: era tornata. Aveva avuto bisogno di tempo per fare chiarezza nei propri sentimenti, come aveva detto allo zio prima di salutarlo. Lei era una donna rigorosa, e quel comportamento le si addiceva alla perfezione.

Dalla strada grande mi infilai in un vicoletto perpendicolare a Sakura-dōri. Superai diverse librerie e infine sbucai davanti a quella dello zio.

Aprii la porta e trovai il signor Sabu seduto al bancone.

"Ohi, Takako!" disse salutandomi con la mano.

"Oh, signor Sabu. È qui. Mio zio non c'è?"

"Come sei fredda, Takako-*chan*. È uscito per consegnare dei libri," rispose ridendo.

"Da quanto tempo!" disse una voce allegra alle sue spalle.

Guardai bene e vidi una donna minuta, con i capelli corti, seduta dietro il bancone.

"Quei capelli!"

Si toccò i capelli tagliati sopra le orecchie e, ridendo, replicò: "Eh, sì, li ho tagliati. Volevo farmeli come un bonzo, sai, una specie di penitenza... ma Satoru non me l'ha permesso".

Finalmente vidi il suo sorriso: era proprio la zia Momoko.

"Ti stanno bene," dissi prendendo posto accanto a lei. Ed era proprio così.

"Lo pensi davvero?" ribatté con una smorfia vezzosa.

Prima di mezzogiorno, come sempre, la libreria era vuota. Fui felice di vedere che, fatta eccezione per la presenza di Momoko, lì dentro non era cambiato niente.

"Piuttosto, Takako. Mi dicono che hai il ragazzo adesso," affermò di punto in bianco la zia.

"Eh? E chi te l'ha detto?" protestai.

"Me l'ha detto il signor Sabu proprio adesso," rispose lei indicandolo.

"Ecco... A me l'ha detto il proprietario del Subouru..." Il signor Sabu dovette trovarci qualcosa di buffo, perché si mise a ridacchiare.

"Gli hai già preparato qualcuno dei manicaretti che ti ho insegnato?" domandò Momoko sorniona.

"Ecco... Io... Be'..." tergiversai.

Lei però insisteva, così alla fine gridai: "Basta, smettetela!".

Proprio in quel momento sentimmo aprirsi la porta: era tornato mio zio.

"Ehi, Takako-*chan*. Hai fatto presto."

"Satoru, tu lo sapevi che Takako ha il ragazzo?"

"Come? Non ne sapevo niente. È la verità? E perché non me ne hai parlato?" chiese avvicinando la faccia alla mia.

"Ma no... Ecco... Su, basta parlare di questo."

"Ma sì!" esclamò Momoko battendo le mani. "Se Takako

lo sposa, potrà ereditarla lui la libreria. Altri eredi non ne abbiamo, in fondo."

"Ma che dici, perché dovrei lasciarla a quel tizio!" gridò lo zio, scaldandosi.

"Non lo conosci nemmeno e lo chiami 'quel tizio'?" lo rimbeccò Momoko.

Il signor Sabu rise, poi annunciò che se ne andava, disse a Momoko che sarebbe tornato e, sventolando la mano, uscì tutto contento dalla libreria. A me e allo zio non disse una parola.

"E così siete diventati grandi amici, eh?" commentai.

"Ma no, ci siamo soltanto fatti una chiacchierata."

"E bravo il signor Sabu, che con solo un anno di ritardo ha trovato il modo di recuperare il tempo perduto," ironizzò lo zio scatenando l'ilarità mia e di Momoko.

Dopodiché la zia Momoko si alzò in piedi e, rivolta verso di me, annunciò tutta seria: "Io, Morisaki Momoko, sono tornata a casa". Fece un inchino deciso, militaresco, cui risposi raddrizzandomi sulla sedia.

"Bentornata. Ti aspettavamo. Se sparisci un'altra volta mi arrabbio sul serio."

"Se è per questo, tu sei venuta meno alla parola data. Ma per stavolta va bene, anzi: te ne sono grata. Grazie, Takako-*chan*. Andremo d'accordo noi due, vero?"

Così dicendo, fece un sorriso e mi diede un pizzicotto sulla guancia.

Ormai mi ci ero abituata e, con lo stesso tono rassegnato dello zio, mi limitai a supplicarla di smetterla, anche se sapevo che non sarebbe servito.

"Per ringraziarti, stasera vorrei prepararti la cena Takako, che ne pensi?" domandò mettendosi la mano sul cuore. "Mi accompagni a fare la spesa?"

"Certo. Sono venuta apposta per farmi preparare la cena da te," risposi sorridente.

"Invece ascolta, Takako, riguardo a quanto dicevamo prima, per me..." tentò di inserirsi lo zio, ma Momoko e io lo ignorammo e uscimmo dalla libreria.

Il cielo era limpido, si vedeva solo una grossa nuvola che fluttuava placida.

Mi stiracchiai e rimasi per un po' con gli occhi chiusi. Dietro le palpebre sentivo la luce abbagliante del sole.

"Guarda che se non ti dai una mossa vado senza di te."

Aprii gli occhi e vidi la zia Momoko in mezzo alla strada, con i suoi capelli corti. Sorrideva.

"Dai, vieni," disse, e si incamminò a passo svelto.

La guardai, poi le corsi dietro.

Glossario

ayu: pesce di fiume, dalle carni piuttosto dolci, che viene consumato soprattutto in estate.

-chan: suffisso posposto al nome di persone, più spesso bambini e giovani donne, con le quali si intrattengono rapporti particolarmente confidenziali.

daikon: varietà di ravanello molto diffusa in Asia Orientale, ha la forma di una grossa carota di colore bianco ed è utilizzata sia come ingrediente di base sia come condimento in numerose preparazioni della cucina giapponese.

fusuma: pannelli scorrevoli formati da fogli di carta di riso su una struttura in legno. Montati su apposite guide, fungono da pareti divisorie tra una stanza e l'altra della casa tradizionale.

futon: letto tradizionale giapponese, composto da un sottile materasso che poggia direttamente sul pavimento, generalmente *tatami* (v.), e una trapunta. Al mattino viene ripiegato e riposto in un armadio, lasciando libera la stanza.

kimchi: verdure (solitamente cavolo cinese) fermentate con spezie, uno degli ingredienti principali della cucina coreana. Ne esistono diverse varianti ed è oggi acquistabile già pronto in qualsiasi negozio, ma resta l'usanza di prepararlo in casa, in grande quantità, in determinati periodi dell'anno (tra novembre e dicembre a Seul, a dicembre nella zona meridionale).

kissaten: locali in cui è possibile consumare bevande calde e fredde, snack e pasti leggeri.

miso: composto ottenuto dalla fermentazione di soia, sale e lievito. È alla base di numerosi piatti della cucina tradizionale, tra cui il brodo (*misoshiru*), che accompagna la maggior parte dei pasti giapponesi.

momiji: letteralmente, "foglie rosse". Indica il fogliame, soprattutto degli aceri ma anche di altre piante, che in autunno si tinge di diverse gradazioni dal giallo al marrone e che, soprattutto in alcune località dell'arcipelago, costituisce un'importante attrazione turistica.

nabe: letteralmente, pentola. Detto anche *nabemono*, è un piatto invernale cotto in pentole solitamente di argilla in cui si fa bollire un brodo e si intingono vari ingredienti (carne, pesce, verdure e altro) che poco alla volta conferiscono ulteriori aromi al composto.

nattō: fagioli di soia fermentati che si consumano insieme ad altri alimenti e si distinguono per l'odore e il sapore particolarmente forti e la consistenza vischiosa.

nō: genere del teatro tradizionale che ha raggiunto la sua forma presente intorno al XIV secolo, ulteriormente codificata nei due secoli successivi. È caratterizzato dall'uso di maschere, da danze fortemente stilizzate e da una scena essenziale e molto allegorica.

noren: divisori, generalmente in cotone, posti all'ingresso di un locale o davanti a porte e finestre. Di varie altezze, presentano un taglio verticale che consente di aprirli come se fossero una tendina per consentire il passaggio.

onigiri: alimento preparato con riso ripieno di vari ingredienti e stretto in un'alga. Può avere forma triangolare o sferica e si consuma generalmente come pasto veloce.

taiyaki: dolce a forma di pesce e ripieno di pasta di fagioli *azuki* o altre creme, per esempio al cioccolato o al tè verde. L'impasto si prepara con farina, zucchero e uova.

takuan: sottaceto a base di *daikon* (v.) essiccato e insaporito con vari aromi. Si usa per accompagnare il riso e in altre preparazioni.

tatami: stuoie di paglia dalle dimensioni standard (90 x 180 cm) che ricoprono i pavimenti della casa tradizionale. Costituisce anche l'unità di misura per le stanze.

tengu: creatura dell'iconografia popolare solitamente rappresentata come uomo-uccello con un lungo naso e dal volto colorato, spesso rosso. Benché non esattamente malvagio, il *tengu* è dispettoso e capriccioso, e si diverte a fare scherzi.

tenpura: piatto composto di vari ingredienti, generalmente pesce, verdure e alghe, passati in una pastella a base di farina e fritti. Si consuma con un intingolo denominato *tenpura-tsuyu* e viene preparato con salsa di soia, aceto di riso e altri aromi.

tōfu: alimento ottenuto dalla cagliatura della soia e diffuso in tutta l'Asia Orientale.

yukata: kimono in cotone. Si indossa soprattutto durante le feste stagionali estive e si trova negli alberghi in stile tradizionale e negli stabilimenti termali.

Indice